影　無茶の勘兵衛日月録10

浅黄　斑

時代小説

二見時代小説文庫

流転の影——無茶の勘兵衛日月録10

目　次

『流転の影――無茶の勘兵衛日月録10』の主な登場人物

落合勘兵衛《おちあいかんべえ》……越前大野藩江戸詰の御耳役。山路亥之助を討てとの密命で参府したが、江戸留守居役の松田与左衛門にかわいがられ、機密の任務につく。

落合藤次郎《おちあいとうじろう》……勘兵衛の弟。大和郡山藩本藩の目付見習い。日高信義の部下。

新高八次郎《にいたかはちじろう》……勘兵衛の若党。新高八郎太の弟。

日高信義《ひだかのぶよし》……大和郡山藩本藩の主席家老・都築惣左衛門の側用人。落合藤次郎の上司。

松田与左衛門《まつだよざえもん》…越前大野藩の江戸留守居役。落合勘兵衛の上司。

新高八郎太《にいたかはちろうた》……松田与左衛門の若党。新高八次郎の兄。

本多政長《ほんだまさなが》……大和郡山藩本藩の藩主。

本多政利《ほんだまさとし》……大和郡山藩分藩の藩主。永年、本藩の政長暗殺を狙っている。

深津内蔵助《ふかつくらのすけ》……大和郡山藩分藩の江戸家老。藩主の命を受けて政長暗殺の指揮をとる。

山路亥之助《やまじいのすけ》……越前大野藩を出奔。流転の末、深津内蔵助に拾われ熊鷲三太夫と変名。

条吉《じょうきち》……九頭竜川の船頭のとき、瀕死の亥之助を救い、江戸へ。亥之助の手下。

酒井忠清《さかいただきよ》……幕府の大老。越前大野藩、大和郡山藩本藩への謀略の後ろ盾。

六地蔵《ろくじぞう》の久助《きゅうすけ》…寺社奉行より直々の手札を受けた岡っ引き。浅草が縄張り。

瓜《うり》の仁助《にすけ》……本庄界隈で稼ぐ香具師を束ねる。本庄を縄張りの岡っ引きとなって一年。

越前松平家関連図（延宝４年：1676年４月時点）

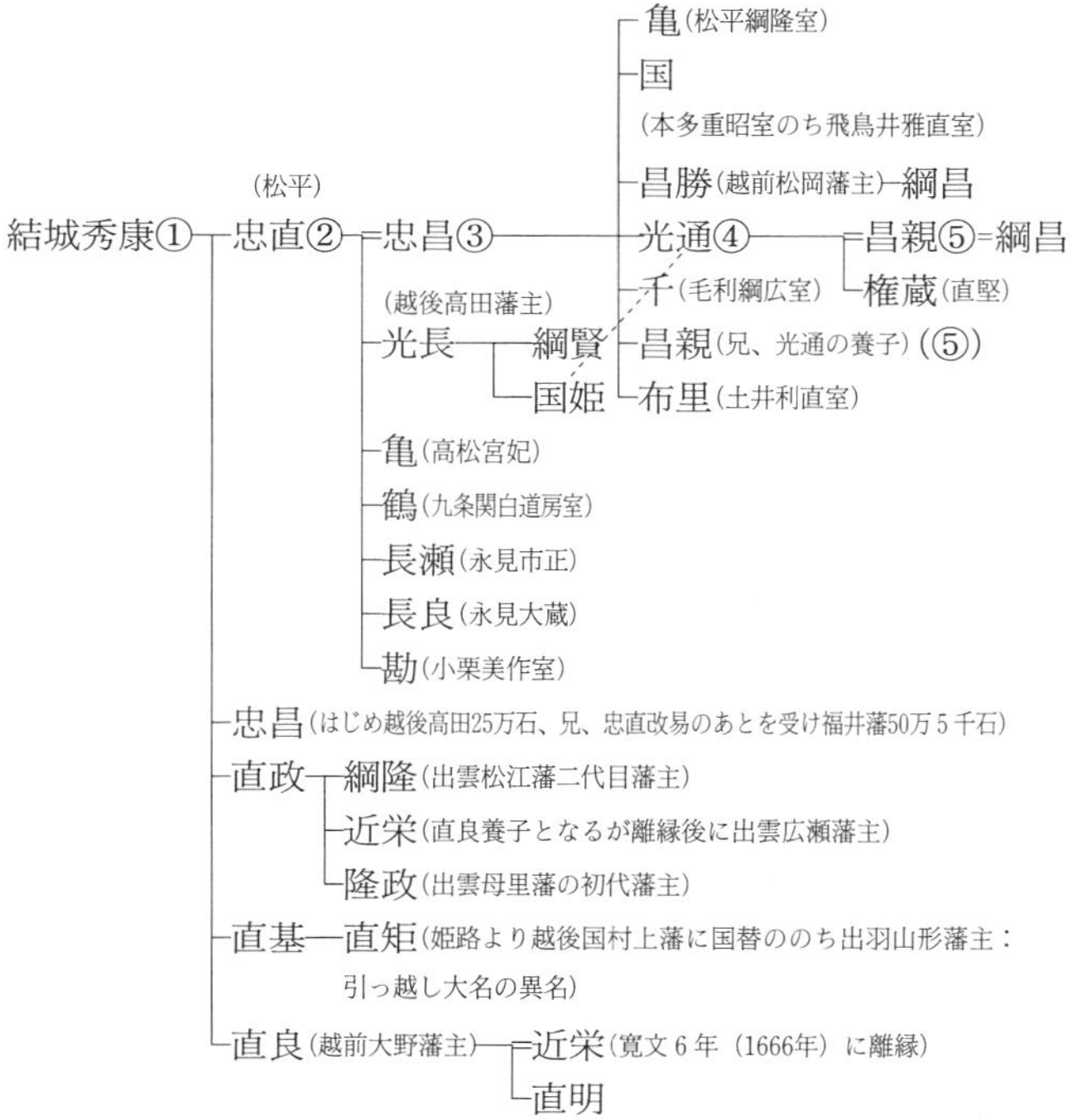

註：＝は養子関係。○数字は越前福井藩主の順を、------は夫婦関係を示す。

埋忠明寿《うめただみょうじゅ》

1

このところ、落合勘兵衛《おちあいかんべえ》の朝の日課が変わった。

起床して洗面ののち、すぐに衣服を整える。

地味な紺地の袷《あわせ》に、同色の野袴をつけた。

それに、濃茶《こいちゃ》のぶっさき羽織を重ねる。

いずれの品も、二年半前、故郷の越前大野《えちぜんおおの》から、江戸へ出てくるときに身につけていたものであった。

この一月も末に、葛籠《つづら》の奥からこれらを取り出し、久しぶりに身につけたところ、着丈も袖丈も一寸ほど短くなっていた。

勘兵衛の背丈が、それだけ伸びたということだろう。

改めて、月日の流れの速さを思う。

そういえば、つい先日までは梅の香が漂っていたものが、花も桜に変わったと思ったら、いつしか葉桜になってしまっている。

まだ薄暗い部屋で勘兵衛が着衣を整えていると、明け六ッ(午前六時)の鐘を合図のように、若党の新高八次郎《にいたかはちじろう》が顔を覗かせて言った。

「旦那さま、きょうは久しぶりに上天気のようでございますな」

この数日、雨もよいの日が続いていたが、起き抜けに裏庭を覗いたところ、ほのかな薄明に彩られた空に雲はなかった。

「そのようだな。それゆえ、きょうは着替えも必要あるまい。弁当も自分で持っていこう」

「いえ、お届けをいたしますが」

「よい、よい。こんな日は、松田町へ朝稽古にでも行ってまいれ」

「ははあ……」

八次郎は、少し情けなさそうな声になった。

松田町にある［高山《たかやま》道場］は、故郷で夕雲《せきうん》流を学んだ勘兵衛が、江戸にきてから通うようになった小野派一刀流の道場である。

八次郎にも、その道場に通わせているが、剣の腕はいっこうに上達せず、なにやら口実をもうけては稽古を逃れようとするふうがあった。

「それでは、ま、さっそくに支度をしてまいりましょう」

そそくさと、八次郎は台所に去った。

待つほどもなく、

「旦那さま、整えてございます」

「そうか」

黒漆の塗笠《ぬりがさ》の紐を、顎のところで結びながら、勘兵衛は答えた。

裏は銀の箔置きという瀟洒《しょうしゃ》な塗笠は、昨年に大坂の古手屋で求めたものである。

塗笠をかぶって玄関先へ出ると、いつもどおりに、草鞋《わらじ》の紐の強さを確かめたうえで、しっかりと足拵えをした。

それから、八次郎が差し出してくる風呂敷包みを受け取った。

雨の日には、胡床《あぐら》だけが包まれている。これは、折りたたみ式の床几《しょうぎ》だ。

しかしきょうは、竹皮包みの握り飯に、瓢《ふくべ》に入れた飲み水もくわわっていた。

それをしっかりと腰の後ろに結びつけた。

この弁当は、朝食である。

雨の日は、八次郎が着替えとともに弁当を届けてくることになっていたが、晴天の日には、届けさせるまでもない。

「では、行ってまいる」

「は。それにしても、ご精が出ますな」

感心したような声に見送られて、勘兵衛は猿屋町《さるやちょう》の町宿《ちょうしゅく》を出た。

実は、そんな毎日が、もうひと月以上も続いている。

いったい勘兵衛、朝飯も食わずに草鞋がけで、弁当まで持って、どこへ向かおうというのであろうか——。

2

浅草・猿屋町は権兵衛店《ごんべえだな》という片側裏長屋の、奥の行き詰まりに勘兵衛の町宿はある。

江戸詰の武士が、江戸屋敷外の町人地に与えられた家を町宿という。

元は、諸国酒問屋を営む［常陸屋《ひたちや》権兵衛］の、先代の隠居所として建てられたものであった。

だから［常陸屋］とは裏庭続きであったのを、木塀で区切って独立させた家だ。

それで見かけ上は、いかにも裏長屋の内の一軒、というふうに見える。

越前大野藩の江戸詰ながら、御耳役《おみみやく》という、いささか特殊な役目に就《つ》いている勘兵衛には、それが恰好の隠れ蓑にもなっていた。

まだ朝も早いから、路地木戸までのどぶ板通りに人影はないが、朝餉《あさげ》の支度中なのだろう、油障子の奥からは菜を刻む音やら、赤児の泣き声などが聞こえてくる。

（世は、こともなし……か）

路地木戸を出て、蔵前通りとは反対の右手に曲がると、道の突き当たりには陸奥《むつ》・石川藩江戸屋敷の辻番所がある。

菖蒲革《しょうぶかわ》の袴に、六尺棒といったいでたちの辻番人が小さく会釈してきた。

雨の日には番傘を差すが、このところ、同じ時刻に通る勘兵衛を、見知ってしまったようだ。

勘兵衛も軽く会釈を返し、右に曲がって甚内橋を渡った。

橋下を流れるのは、不忍池《しのばずのいけ》に端《たん》を発し、三味線堀《さみせんぼり》を経たのちは鳥越川《とりごえ》と名を変える堀川だ。

この甚内橋を渡った先に、鳥越明神がある。

勘兵衛は、その明神前を右に曲がった。

寿松院《じゅしょういん》無量寺横を通るこの道は、俗に〈裏道〉と呼ばれている。鳥越町裏道の意味だ。

およそ半年ほど前、この寺の境内で勘兵衛は、十五間（二七メートル）の距離から弓で射かけられる矢を、真剣で躱《かわ》す練習をしたことがある。

だが、それは、思い出したくもない記憶であった。（第七巻：報復の峠）

それより今の勘兵衛には、夢中で打ち込むことのできる、新たな目標が生まれていた。

春の朝の陽光は裏道にも光を投げかけ、門前町では、開店の準備をする商家の物音が立ちはじめていた。

急ぐでもなく、ゆっくりと歩を進めながら勘兵衛の左手は、ときおり腰の刀にのびる。

鍔《つば》のあたりを、愛《いと》おしそうに親指の腹で撫でては、また離す。

じっくりと、その重みを実感してもいた。

心利《き》いた武家が、その刀剣を見れば、おそらくは驚くにちがいない。

鞘《さや》も鍔も柄頭《つかがしら》も、武骨なほどに地味ではあるが、柄頭は八寸五分（二六《チ》〈セン〉）、鞘の長さは二尺八寸（八五《チ》〈セン〉）を優に超えている。

近ごろ、これほどの長刀を差し佩《は》く武士《もののふ》など、ついぞ見かけないはずだ。

この剛刀を腰にして以来、勘兵衛には塗笠をつける習慣がついた。

ほかでもない。

一種の面映《おもは》ゆさ――というようなものだ。

というのも勘兵衛、この正月で二十一歳になったばかりである。

近ごろ珍しい長刀を、勘兵衛のような若造が腰にしているのを見る者が見れば、胸くそを悪くする偏屈者もいるだろうし、下手《へた》をすれば勝負を挑もうという、すさんだ荒くれ武芸者が出てくる可能性もあった。

そんな悶着《もんちゃく》を、避ける意味もある。

（そういえば……）

この正月を迎えて以来、若党の八次郎のことばつきが変わったのを、勘兵衛は察している。

（十八になったからな……）

本人も、それを意識しているのだろう、と勘兵衛は塗笠の下で、小さく頬をゆるめた。

ところで——。

勘兵衛の腰の、武骨にしか見えない、その長刀……。

実は、この刀の真骨頂《しんこっちょう》は鞘の中にある。

もし抜き身の刀身を見る機会があれば、瞠目すること必定《ひつじょう》であった。

勘兵衛は、この新年にこの刀剣を初めて見た。

銘は山城国西陣《やましろのくににしじん》住人埋忠明寿《うめただみょうじゅ》。

明寿は慶長《けいちょう》のころの刀工で、足利将軍家、織田信長《おだのぶなが》、豊臣秀吉《とよとみひでよし》に仕えた。

元もとが金工で、金、銀の象嵌《ぞうがん》を施した鍔などを多く作ったが、やがて刀身に見事な彫り物を施した短刀や、槍なども作り出した。

その華麗な出来映えは評判を呼び、諸大名への贈答品として重宝《ちょうほう》されたという。

やがて明寿は、太刀造りもはじめて新刀鍛冶《かじ》の祖と呼ばれる。

だが作刀の数は、きわめて少なかったようだ。

現代に残る太刀は、相馬家伝来の一口のみ。これは重要文化財に指定されて、京都国立博物館の所蔵となっている。

では、明寿が作った太刀は、これひとつきりなのか。

そんなはずは、ない。

おそらくは明治維新ののちに、その精緻華麗な作品に惹かれて美術品として、多くが海外に流出していったのであろう。

いずれにしても勘兵衛は、そんな希少な太刀を手に入れて夢中であった。

鯉口《こいくち》を切って、刀身を三寸（九《せん》）ばかりも抜き出せば、峰の右側に不動明王像、裏には飛龍《ひりよう》の、水際だった刀身彫刻が浮き彫りされているのが見える。

そんな華麗な太刀に出会った僥倖《ぎようこう》を、しみじみと感じていた。

刀身は二尺六寸五分（約八〇《せん》）、戦国のころとはちがい、近ごろ作られる刀は二尺三寸（約七〇《せん》）前後の、短いものばかりになっている。

戦《いくさ》続きのころには、馬上での戦いのために三尺（約九〇《せん》）はあった刀身も、近ごろは無用の長物とばかり、磨上《すりあ》げ、あるいは大磨上げされて刀身を短く切り詰めてしまう。

勘兵衛は、かつて三尺一寸の大太刀を使う、百笑火風斎《どうめきかふうさい》という武芸者から、〈残月の剣〉という秘剣を伝えられた。

その折に――。

剣は長いほどよいと言われ、勘兵衛の背丈からすれば、二尺七寸ほどは欲しいところだ、との忠告を受けたことがある。

だが、この江戸で、二尺七寸という太刀は容易に見つからなかった。

伝来の古刀も、すべて磨上げによって、短く詰められてしまっていたのである。

だが、二尺六寸五分の埋忠明寿が、岩付町の刀剣屋［京下り播磨《はりま》］に残っていた。

中心《なかご》のほうから磨上げて、刀身を短くしていくから、大磨上げにかかると、完全に銘は消えてしまう。

奇跡的に埋忠明寿が完全な形で残ったのは、まさに見事な刀身彫刻のゆえであったろう、と勘兵衛は考える。

大磨上げで消し去るには、あまりに惜しい逸品であったのだ。

新たに手に入れたこの剣を、勘兵衛は心から愛《め》でた。いや、夢中になっている。

しかし、使いこなしてこその剣であった。

それまで勘兵衛が使っていた長刀は、元服に際して父親から与えられたもので、刃渡り二尺四寸五分（約七四チセン）、柄頭は八寸であった。

だから柄頭も合わせれば、およそ一割方も長くなった勘定になる。

重さも、まるでちがう。

これまでに修行した抜刀術も、剣技も、火風斎から伝えられた〈残月の剣〉も、一から組み立て直す必要があった。

なにしろ、〈残月の剣〉は切先《きつさき》から一寸、鋩子《ぼうし》のみを使うという必殺剣なのだ。

要は、使いこなせなければ、どうにもならない。

これまで勘兵衛は、朝食前の半刻《はんとき》（一時間）ほどを、町宿の庭にて真剣の稽古にあててきたが、そこではいささか狭すぎた。

といって寺院の境内などだと、人目を憚《はばか》る。

それで勘兵衛が稽古場に選んだのが、北方にある〈堀田原《ほつたはら》〉と呼ばれる、広大な空き地であった。

人目につかない場所にあるため、近所に住む人でも、その存在を知らない人のほうが多い。そんな原だ。

雨の日も、風の日も、勘兵衛は早朝から、そこへ通っていた。

寿松院を過ぎた勘兵衛は、新堀を木橋で渡った。謂《い》われは定かではないが、幽霊橋と呼ばれている。

3

鳥越川に流れ込む、この新堀は、新吉原に近い坂本村まで、北へまっすぐに延びる堀川で、周囲は浅草寺町《てらまち》である。

さて、堀田原のことだ。

浅草という地名は、元は浅茅《あさじ》ヶ原と呼ばれる草原の地からきた、という説がある。伝えによれば推古《すいこ》天皇の三十六年（六二八）に、漁師が川中から観音像を発見し、この地に観音堂が建てられた。

それが縁起であるから、浅草寺《せんそうじ》は、よほどに古く創建されたようだ。折から、現世利益《りやく》と結びつけられて観音信仰は大いに広まり、浅草寺は、百を超える僧房を擁する大寺院に発展していった。

ついには、武蔵国随一の寺として栄えることになる。

鎌倉時代には、坂東十三番札所となって、各地からの霊場巡りの巡礼者であふれかえったという。

ところが、やがて衰退がはじまる。

徳川家康《とくがわいえやす》が江戸に入ったころには、荒廃が進んで、かつての活況も今は昔。観音堂にはお化けが出ると噂され、僧房のほとんどには、山伏まがいの妻帯坊主が住みついている、といった寂《さび》れようだったらしい。

茫茫《ぼうぼう》と草深い丘陵地に、ぽつん、と、しかし壮大な、昔は栄華を誇ったであろう僧坊が、川霧のなか幻影のように建ち並んでいる、といったような光景であったろうか。

さて家康の新都市作りは京を意識して、琵琶湖に見立てて不忍池《しのばずのいけ》を作り、比叡山に見立てて東叡山を開く、といった具合であった。

そして増上寺《ぞうじょうじ》を菩提所として開くと同時に、いち早く江戸の北東の拠点として、浅草寺を祈禱所に選んだ。

家康の江戸建設を大まかに述べれば、まず神田山を取り崩して、遠浅の日比谷《ひびや》入り江を埋め立てる、と同時に、江戸城再建の資材を運び込むための船入堀《ふないりぼり》（道三堀）を掘った。

そして二代将軍の秀忠《ひでただ》の時代になって、本格的な江戸城の普請《ふしん》がはじまった。外堀を兼ねた神田川が掘られて、土堤《どて》が築かれる。

こうして神田川が完成すると、次には浅草地区の開発がはじまる。この地は、奥州への道筋にあたるから、幕府にも枢要の地であった。

浅草開発は元和二年（一六一六）から、はじまっている。

まずは新造成の神田川に浅草橋を架け、浅草御蔵構土堤《かまえどて》が築かれはじめた。

鳥越の丘を削り隅田川を埋め立て、櫛形の船入堀が造られる。

こうして浅草御米蔵が完成したのが、四年後のことであった。

さて、勘兵衛が今、新堀に沿って北へ向かっているこの時代——。

将軍は四代家綱《いえつな》、延宝四年（一六七六）は浅草開発がはじまってから、六十年ののちである。

その六十年の間に、浅草寺も破戒坊主は駆逐され、堂宇も修復され、武家地ができ、寺町ができ、町が生まれ……といった具合であったけれど、まだまだ開発の手が及ばぬ、あるいは用途の決まらない空き地は、そこかしこに残っている。

勘兵衛が向かおうとする〈堀田原〉も、そんな空き地のひとつであった。

新堀端を歩くこと二町ばかりで、西福寺と北の浄念寺の間に分け入る、東へ向かう道がある。

浄念寺の先に大名屋敷があって、その角のところから、三叉路の道が左に切れ込んでいく。

実は、その大名屋敷、つい先ほどに町宿横の辻番が、勘兵衛に挨拶をしてきた陸奥・石川藩邸の下屋敷なのである。

藩主の名を、本多長門守忠利《ほんだながとのかみただとし》という。

それだけではなく、勘兵衛にとって、多少なりとも因縁があった。

というのも勘兵衛の弟、落合藤次郎《とうじろう》は縁あって、大和郡山藩《やまとこおりやま》本藩の本多政長《まさなが》家に仕えている。

その大和郡山では長らく御家騒動が続き、幕府の裁定で、庶流の本多政利《まさとし》に十五万石の内、六万石が分割された。

これは庶流が嫡流の領地を簒奪《さんだつ》する、という驚くべき結果だった。

裏で、大老の酒井忠清《さかいただきよ》が動いたのである。

政利は、しかし、それでもなお不満だった。

本人としては、まるまる十五万石を相続できるものと信じていたのだ。

それで、今もなお政利は、本藩の政長を暗殺すべく謀略をめぐらせている。

政利は、権勢をふるう大老を後ろ盾に持ち、妻女に水戸徳川家の当主、徳川光国《みつくに》（のち光圀）の妹を迎えているから鼻息は荒い。

政長さえ亡き者にすれば、野望は叶う、と考えているようだ。

思わぬことから、勘兵衛は、この他藩の争いの渦中に飲み込まれていた。

ところで、本多政長は徳川四天王として名高い武将、本多平八郎忠勝《へいはちろうただかつ》の、直系の曾孫にあたる。

今、勘兵衛が過ぎようとする大名屋敷の主、本多忠利も同じく、本多平八郎の曾孫なのであった。

つまりは、政長と親戚なのである。

忠利は、兄である陸奥白河藩主から一万石を分与されて、陸奥石川藩を立藩した。

そして現在は、奏者番《そうじゃばん》と寺社奉行を兼任する、幕閣の要人でもあった。

実は、勘兵衛が仕える越前大野藩にも、大老の酒井忠清を中心にして、主君の松《まつ》平直良《だいらなおよし》には本家にあたる越前福井藩や、親戚の越後高田藩が荷担した謀略が進行しつつある。

いわば酒井大老は、越前大野藩にとっても、大和郡山藩本藩にとっても共通の敵であった。

それで大和郡山藩本藩とは、互いに情報を密にしてともに協力し合おう、という密約ができている。

幸いなことに越前大野藩のほうでは、ここしばらく、目立った動きはない。小康状態を保っている。

しかし、弟のいる大和郡山藩本藩のほうでは近ごろ、なにやらきな臭い動きが見られるとも耳にしていた。

それはともかく、この陸奥石川藩の本多忠利が、はたして政長の味方なのか、敵なのか——。

御耳役という役目がらからも、勘兵衛は、ひそかに政長や政利の親戚筋……すなわち本多忠勝系の面面の動向や噂を集めてもいた。

そんなことから勘兵衛は、いつしかこの堀田原の存在を知ったのだ。

曾孫同士とはいえ、今は遠い親戚にしかすぎないが、勘兵衛が知己《ちき》を得た老中の稲葉正則《いなばまさのり》によると、忠利は生粋の政長派で、それで近ごろは大老の酒井から疎《うと》まれているようだ、とのことであった。

これは後日談となるけれども、この本多忠利、この年の暮れには奏者番と寺社奉行の両職ともに辞任している。

大老の圧力があったのであろう。

さらにのちには三河挙母《ころも》藩に移封されて、石川藩は廃藩となっている。

4

勘兵衛は、その陸奥石川藩下屋敷の角を曲がった。

その道は袋小路で、通り抜けることができない。

北の行く手を遮《さえぎ》るのは、近江宮津藩、堀田《ほった》豊前守《ぶぜんのかみ》の中屋敷と、書院番頭の堀田《ほった》対馬守《つしまのかみ》屋敷の海鼠壁《なまこかべ》であった。

その袋小路の途中から、西側に広大な空き地が広がっている。

およそ一万坪もあろうか。

ここが堀田原と呼ばれる由来は、先にそれら堀田の二屋敷があるからだ。

道の右側には、浅草御米蔵の管理にあたる手代衆の組屋敷が、ずらりと並んでいる。

その組屋敷が終わらぬうちに、堀田原の端に着いた。

立ち枯れた草ぼうぼうの原のなかには、ところどころ低い雑木もある。

春の息吹《いぶき》を受けて、新たな緑もほの見えている。

堀田原の西の端は、寺の裏壁にて遮られる。

寺と武家屋敷の塀に囲まれているところだから、いつきても無人の原であった。

この広い原を、縦横無尽に使って埋忠明寿剣の稽古に励むのが、このところの勘兵衛の日課である。

勘兵衛は袋小路をはずれ、いつものように立ち枯れた草を分けて、無造作に原に入った。

入ったのちは、石川藩下屋敷の北塀に沿って西に進む。これもいつものことだ。

十間ほども進むと、屋敷内の樹木が塀ごしに枝差し交わす一画がある。

榧《かや》の大樹が、鋭い葉先を繁らせる下で、勘兵衛は腰の風呂敷包みを解いて、胡床を開いた。

激しい稽古の合間に、休息をとる場所となる。

この榧の木の下は、枝垂《しだ》れる榧の葉が、日除け、雨除けの役目も果たす。

胡床の上に、持参の弁当や瓢、塗笠を置き、上からぶっさき羽織を重ねる。

そののち、およそ半刻から一刻を費やして、真剣の素振りや、型の稽古に励む。

すると、猛烈に腹が減る。

とても町宿まで、戻るゆとりもないほどだ。

だから、弁当持参できている。

雨天のときには、さすがに濡れ鼠になってしまう。

それで時刻を見計らって、八次郎に着替えを届けさせるついでに、弁当も運ばせるようにしたのであった。

激しい稽古のあと、この椪の木の下で食う握り飯のうまさといったら、たとえようもない。

椪の葉の付け根には、ついこの間から黄色い楕円形の花が咲きはじめていた。

(また、増えたようだな……)

ひととき椪の木を見上げながら勘兵衛は、野袴の股立《ももだ》ちを取った。

それから、ずかずかと原を北進していって足場を固めた。

しばし瞑目する。

気を充実させ、目を開く。

まずは、故百笑火風斎から伝授された神明夢想流の抜刀術から入ろうとした勘兵衛だが……。

(む……)

なにやら、いつもとはちがう気配に動きを止めた。

(赤児の泣き声のような……)

確かに、そのような声が耳に届いた。

不審に思いながら、首をめぐらす。

（まちがいない……）

かすかではあるが、まぎれもなく、赤児の泣く声のようだ。

声がするのは、あの袋小路のほうである。

勘兵衛は、首を傾げた。

つい今し方まで、そのような声は聞こえなかったが、あるいは組屋敷に住む赤児がむずかりだしたのか。

（いや……）

そのようでもない。

御蔵手代の組屋敷の北側は武家屋敷で、さらに北のほうは主も定まらずに、空き地で取り残されている。

勘兵衛は背伸びして、声のするほうを見やったが、定かではない。

しばらくののち、声のするほうに動いた。

届いてくる声は、切迫したものに思えた。

（ふむ……）

昨年の十一月、一年あまり情を交わす間柄だった小夜《さよ》が、勘兵衛の子を宿して、突然に姿を消した。

そのあとを追って大坂に向かった勘兵衛だったが、ついに小夜の行方はつかめなかった。

小夜は、いずこかで、ひそかに勘兵衛の子を生んで育てる決意のようだ。

子が生まれるのは、まだ先のようだが、火がついたように泣く赤児の声を聞いて、勘兵衛は複雑な思いにとらわれた。

近い将来、俺は父親になる——。

そのような意識が、勘兵衛に働いたものかどうか、それはわからない。

しばし様子見に入っていた勘兵衛だが、赤児の泣き声は止むこともない。

(放っておくわけには、いかぬ)

さらに声のするほうへ、勘兵衛は向かった。

声は、いよいよ大きく届く。

(ふうむ……)

旗本屋敷らしいのが二つ並んでいるが、一方は少し入り込んだところに裏門らしきものがあり、先のは、こちら側が表門であるらしい。

先の表門から、門番らしいのが出てきて、きょろきょろ周囲を見まわしている。

赤児の泣き声に気づいたのであろう。

だが、見つからないようだ。

と——。

近づく勘兵衛の姿を認めると、そそくさと門内に姿を消してしまった。

苦笑するしかない。

厄介《やっかい》ごとには首を突っ込まぬ、と決めているようだ。

（や……！）

目にした光景に、思わず勘兵衛は枯れ草を分けて走りだした。

それは、入り込み門手前の石畳の上を、顔を真っ赤にして泣き叫びながら、這い這いをしている赤児の姿だった。

少し引っ込んだ石畳の上だったため、隣家の門番からは見えない位置であった。

原を駆けながら、赤児の周囲を観察した。

赤児から少し離れたところに、綿入れのようなものがある。

（捨て子か……）

勘兵衛は、思った。

5

足下の赤児を見下ろして、勘兵衛は途方に暮れた。

泣きやむ様子は、ない。

先にある綿入れから這い出たようだが、今はごろりと横になって、火がついたように泣き叫んでいる。

仕方なく、手を伸ばした。

故郷の越前大野で、勘兵衛は嫁いだ姉が生んだ赤児の甥を、一度だけ抱いた覚えがある。

こわごわ手を伸ばし、頭を支えて抱き上げたが、やはり泣きやまない。

（ふむ……）

抱き上げて気づいたのだが、赤児の産着《うぶぎ》は絹物だった。

襁褓《むつき》が匂うから、お漏らしをしているようだ。

それで、このように泣きわめくのか。

（それにしても……）

襁褓を確かめて、勘兵衛は眉をひそめた。

勘兵衛とて襁褓の付け方、などというものには不案内だが、どう見ても、いささか乱暴に思える。

ただ闇雲に、布地をぐるぐる巻きにした、としか思えない。

いずれにしても、とても、勘兵衛の手に負えるものではなかった。

思いつき、綿入れを拾い上げて、おくるみにして抱き直した。

綿入れの生地は、高価そうな織りの布地であった。

(捨て子とも、思えぬが……)

ふと、不審の思いが湧いた。

「おう、よしよし」

あやしてはみたが、赤児は、さらに声を張り上げる。

男女の別はわからぬが、這い這いができる年ごろだから、生後一年近いのであろう。

(それにしても……)

いったい、この屋敷の門番は、なにをしておるのだ。

裏門は閉じられているが、御蔵手代の組屋敷裏にまで広がる敷地は広大だから、大身旗本の屋敷であろう。

門番が、いないわけがない。

いや、内側に、はっきり人の気配があった。

少し憤然として、勘兵衛が門内に声をかけようとしたとき、目の前の潜り戸が開いた。

姿を現わしたのは老齢の武士で、勘兵衛より先に口を開いた。

「この朝っぱらから、うるさいことじゃが、貴殿の御子か」

「ばかな……!」

とんだ言いぐさに、勘兵衛はあきれた。

「じゃが、そのように抱いておるではないか」

皺深い顔に、狡猾《こうかつ》そうな色が浮かんでいる。

「この門前に捨てられて泣き騒いでいるのを、いったい貴家のご門番は、なにをしておるのだ。拙者は、やむを得ず、こうやって抱き上げたまで……」

「捨て子だと申すか」

「そうとしか思えぬ」

「じゃが、そのように言われてもなあ。拾い上げたのは、貴殿でござろう」

「関係はない、と言われるか」

「さよう。いささか迷惑でござる」

勘兵衛は、怒りを抑えながら、静かに言った。

「迷惑と言われようと、この門前に捨てられていたのは、明らかなことだ」

「ふむ。だからと言うて、いきなり当家に持ち込まれても困る」

「しかし……」

「いや」

口を封じるように押しとどめ、

「そなたが申すように、まこと捨て子ならば、辻番所に届けるが筋というものでござろうが」

畳み込むように言った。

確かに武家地の行き倒れ、病人、怪我人、捨て子などを扱うのは辻番所の役目であった。

「では、辻番所はいずこか」

これ以上、言いつのっても無駄なようなので、尋ねると、

「ふむ。浄念寺《じようねんじ》の横に、あったであろう」

「では、念のためにお尋ね申す。こちらは、どなたの御屋敷か」

「うむ。当家は、将軍御側衆《おそばしゅう》を務める、八千石の板倉筑後守《いたくらちくごのかみ》さまの屋敷じゃ。身共は当家の用人《ようにん》で、中川《なかがわ》と申す。では、これにて……」

言うだけ言って、姿を消してしまった。

なんだか、うまくあしらわれたようでもある。

(仕方がない)

浄念寺横の辻番所は、毎朝、その前を通るから知っている。

いつの間にか赤児は泣きやんでいて、勘兵衛の腕のなかで、おとなしくなっていた。

堀田原に置いた塗笠や弁当は、そのままに、赤児を抱いて勘兵衛は、先ほどの道筋を戻った。

(おや……)

あることに、気づいた。

赤児をくるんでいる綿入れは、濡れていない。

昨夕までは、しとしとと雨が落ちていたから、この赤児が、あの門前に置かれたのは、今朝の早くではないか。

堀田原では、ときおり野良犬の姿を見かける。

もし、昨夜から置かれていれば、とっくに襲われていたやもしれない。

（すると、すやすやと眠っているうちに……）

綿入れにくるんで今朝のうちに、あの門前に置かれたのではないか。

そして襁褓が汚れたゆえか、それとも空腹のゆえか、勘兵衛が堀田原に入ったのと同じころに泣きはじめた……と思われる。

（それにしても、あの中川と名乗った用人……）

怪しいぞ。

まるで、勘兵衛が赤児を拾い上げるのを待ちかねたように、ぴったり姿を現わしたのが気にかかりはじめた。

（なにか、子細でもあるのだろうか）

わからぬな、と首をひねったついでに、

「あ……！」

次に勘兵衛は、ぬかるみに足を取られたような気分になった。

（あるいは……）

してやられたかな……。

浄念寺横の辻番所も近くなってから、勘兵衛は、臍《ほぞ》を噛んだ。

その辻番所には、家紋入りの提灯が掲げられている。

幕府の規定で、一万石以上の大名一手持ち辻番では、そうすることが求められていた。

つまりは、旗本の辻番所ではない。

提灯の家紋は、丸に立葵《たちあおい》であった。

家紋からいっても、場所からいっても、今まさに勘兵衛が門前を通り過ぎようとしている、陸奥石川藩の辻番所にちがいない。

だいたいにおいて、辻番人という者——。

とにかく、厄介ごとからは逃れようとするきらいがある。

かつて勘兵衛が〈七曲がり〉で行き倒れていた百笑火風斎を助けたときも、肥前平戸《ひぜんひらと》藩の辻番人と、羽州久保田《うしゆうくぼた》藩の辻番人とが互いに牽制し合って、肝心の行き倒れをほったらかしにしていたものだ。

そんな具合だから、妙に細かい取り決めまである。

それぞれの辻番の受け持ち区分の境界に行き倒れがあった場合は、足が向いているほうの辻番所が処理にあたる、というようなばかげた取り決めだ。

その伝《でん》でいくと、板倉家の裏門に捨てられていた赤児を、陸奥石川藩の辻番所が扱ってくれるはずは、ないのである。

板倉家用人の腹黒さを思い知った勘兵衛だったが、ま、駄目で元もとだと歩を進めた。

胴切《どうぎり》長屋

1

さて、どうしたものか。

案の定、辻番所に断わられて勘兵衛は思案に暮れた。

陸奥石川藩の辻番人によれば、赤児が板倉家の門前に捨てられていたのなら、板倉家の辻番に届けられるがよろしかろう、というものだった。

板倉家持ちの辻番所は、蔵前通りの旅籠《はたご》町にあるという。

(しかし……)

当の板倉家用人である中川が、それを口に出さなかったところを見ると意図的であろう。はなから逃げおおせようとの、心づもりだったと思われる。

となると、無駄足になる公算が高い。

そのことを口にすると、

「そりゃ、けしからんことで……」

菖蒲革の袴をつけた雇われ番人は、少しばかり憤慨した様子を見せて、

「となると……」

と言った。

「いずれにしても武家地のことなんで、町方《まちかた》とは支配がちがいます。面倒でも、御目付に届けてもらわねばなりませんが……」

と続ける。

「さようか」

「今月が月番の徒目付《かちめつけ》は、野村伊左衛門《のむらいざえもん》さまというお方でしてな……」

江戸城内、どこそこのところに当番所があるので、蛤《はまぐりぼり》堀横の坂下渡り門の番人に申し出れば、しかるべく取り次いでくれるだろう、などと親切ごかしに教えてくれた。

いやはや、面倒なことになりそうだ。

「しかし……。いくら御側衆だからと威張るにしても、板倉家の扱いは、ひどいものじゃ。そのあたり、しっかと訴えられたほうが、よろしいですぞ」

けしかけるように言う。

（はてさて……）

勘兵衛は、困惑した。

目付に届けるにしても、赤児を抱いたまま江戸城へ向かう、というわけにはいくまい。

いったんは町宿に戻って、八次郎に赤児を預け……という段取りになろうか。

いや、届け出の前に、上司の松田《まつだ》の耳にも入れておくべきだろう。

（それとも筋を通して、やはり板倉家の辻番に押して強談判《こわだんぱん》をするべきか……）

とつおいつ思案しながら、とりあえず堀田原へ引き返した。

途中で、また赤児がむずかりだした。

（あるいは、腹を減らしておるのではないか）

すぐさまに飢えるとも思えないが、まずは母乳の手当が先であろうか。

もはや剣の稽古どころではなくなったので、原に戻った勘兵衛は、塗笠を被り、胡床や弁当などを風呂敷にしまいながら考え続ける。

（ふむ……）

町宿を今朝方に出たところで聞いた、赤児の声を思い浮かべた。

（あれは、たしか……）

権兵衛店の、屋根職の裏店《うらだな》だ。

昨年の秋ごろ、子が生まれたと八次郎が言っていた……。

そこに頼んで、母乳をもらう……。

「お……！」

そのとき、ひとつの顔が、勘兵衛に浮かんだ。

（お、お、おたるだ）

おたるは、勘兵衛が江戸にきたころに寄宿していた菓子屋で、身のまわりの世話をしてくれた下女である。

そのおたるが三十も近くなって、指物《さしもの》職人ののち添えになった。

亭主の名は、長次《ちょうじ》といった。

おたるが子を産んだと耳にしたのは、つい最近のことだ。

それで勘兵衛は、祝いを届けにいった。つい先月のことだ。

（小揚町《こあげちょう》だったな）

ここからは、目と鼻の先である。

祝いの品には、なにがよかろうかと八次郎に尋ねると、

——そうですな。我が家の場合は、母がよく、白雪糕《はくせっこう》あたりを選んでおりましたが。

——なんだ。その、ハクセツコウというのは？

——ま、干菓子《ひがし》の一種ですよ。というより、薬屋でも扱っておりますんで、薬ともいえます。

——ふうん。どのような効能があるんだ。

——はい。糯米《もちごめ》の粉に白砂糖や蓮の実の粉などを混ぜて蒸し上げるもので、砕いて湯に溶かせば、母乳の代わりをつとめるらしく、乳の出の悪い母親などには、なにかと重宝するものだと聞いております。

——なるほどなあ。しかし聞いておると、なにやら、落雁《らくがん》のようなものにも思えるが。

勘兵衛の故郷に、白雪糕なるものはなかったが、同様の使い方をするものに落雁があった。

——あ、似てはおりますが、多少はちがうところもあるようで……。なかでも湯島の［米屋七兵衛］が売り出しておるものが、蜂蜜なども加わって、たいそう滋養がある、などと母が申しておりましたが。

——そうなのか。では、それにいたそうかな。

　ということになって、八次郎に湯島まで買いに行かせた白雪糕を携え、勘兵衛は小揚町のおたるの長屋を訪ねたのであった。

　しかし――。

　名に似て、小柄ながら胸も腰も大きく張った体型のおたるは、勘兵衛の持参した白雪糕を拝むように受け取ったあとで……。

　――ほんとに、ありがとうございます。でも、おかげさまで、乳の出はよすぎて困っているくらいなものなんで、せっかくのお品ですのに、甘いものに目のない亭主の口に入っちまうかもしれませんよ。

　などと言っていた。

　そんなことも思い出して勘兵衛は――。

　もってこい、ではないか、と思っている。

　堀田原を出て、東に進むと蔵前通りに出る。

　途中に、豪壮な造りの薬医門《やくいもん》があった。

　これが、板倉筑後守屋敷の表門であるようだ。

　左腕に抱えていた赤児が、まるで恨み言でも言うように、再び大声で泣きはじめた。

そのまま、旅籠町のあたりに出た。

そのとっかかりのところに、辻番がある。

そこの番人が、泣きわめく赤児を抱えた勘兵衛の姿を見るなり、あわてたように番所の奥に引っ込んだ。

おそらくこれが、板倉家のかかりの辻番であろう。すでに用人から、なんらかの指示が入っていたものと思われる。

勘兵衛は背筋を伸ばしたまま、知らぬ顔で通り過ぎた。

それにしても……。

(こやつ、男児《おとこ》か女児《おなご》か？)

左腕に抱えた綿入れのなかで、手放しで泣いている子を改めて見たが、

(わからぬ……)

赤児は三歳の十一月の吉日を選んで、髪置きの儀式をおこなったのちに頭髪を伸ばしはじめる。

それまでは、髪が伸びれば剃っての坊主頭だから、男の子とも女の子とも、区別がつかない。

せめてもう少し大きければ、着物の柄《がら》で見当もつこうが、純白の産着では、股間を

確かめるほかはない。

ついでながら五歳で袴着、七歳で帯解《おびとき》の儀式があって、これが現代の七五三祝いに通じている。

先代の将軍家光が、虚弱に生まれた四男の徳松君《とくまつぎみ》（のちの五代将軍綱吉《つなよし》）が無事に育つか危ぶまれていたところ、五歳まで元気に育ったので、十一月十五日に祝事を催した。

それにちなんで江戸の庶民たちは、多くが十一月十五日に儀式をおこなうようになったという。

赤児ながら、ずっしり持ち重りがする。

体熱が、綿入れを通して左腕全体に湿っぽく伝わってくる。

（熱い……）

その実感が、勘兵衛を奇妙な気分にさせていた。

思えば赤児など、誰かに守られなければ、たちまちに生きてはいけぬ。

あまりに弱く、いたいけな存在であった。

今、この子を守る者は——。

（俺しかおらぬ……）

そんな心持ちが、ふつふつと勘兵衛の内側から湧きいでてくるのである。

ときおり、手足をばたつかせるので、取り落とさぬよう右手も添えて、

（いったい、そなたに、なにがあったのじゃ）

勘兵衛が、心で問いかけてみるものの、もちろん赤児は答えはしない。

浅草橋から浅草寺へ向かう、この通りは、いつもは人通りの多いところだが、ようやく六ツ半（午前七時）くらいという時刻なので、道を行き交うのはもっぱら棒手振《ぼてふり》商人や、蜆《しじみ》売り、納豆売りなどである。

旅人の姿も、ちらほらと見かける。

それでも泣きわめく赤児を抱いて通りを進む勘兵衛は、通行人の目を引いた。

勘兵衛を追い抜き、わざわざ振り返って確かめる者もいる。

不審に思われても仕方がない。

2

やがて右手大川端に、駒形堂が見えはじめた。

駒形堂手前から道が西に切れ込んでいくあたりは駒形町で、町屋に向かい合うよう

に、西へ細く長く、どこまでも長屋が続いている。

御蔵奉行支配の、小揚《こあげ》の者、と呼ばれる荷揚げ人足の長屋だった。

勘兵衛は駒形堂を過ぎ、ひと筋、北の道を西に入った。

角は浅草紙問屋で、向かい側の角は辻駕籠《つじかご》屋である。

そのあたりを俗に小揚町と呼ぶのは、その裏手に小揚の者の長屋が続くからだ。

実は勘兵衛、半年ばかり前にも、この道を奥に入っていったことがある。

そのころ、本家筋にあたる越前福井藩から〈一粒金丹《いちりゆうきんたん》〉という秘薬を贈られたが、不審の点もあり、その成分を調べたときのことだ。

それで紙漉《かみすきちよう》町にある怪しげな薬や品を販売する［山崎屋］という薬艾《くすりもぐさ》屋を訪ねていった。

結果、〈一粒金丹〉には、津軽に自生する罌粟《けし》花から抽出した、阿芙蓉《あふよう》という生薬《しようやく》が含まれていることが判明した。（第六巻：陰謀の径）

さらには、まだ我が国には、その名さえ知られていないが、人を狂わせる阿片《あへん》という秘薬があって、それが最近、長崎にひそかに密輸された事実もつかんでいる。

酒井大老が中心になって、我が藩を陥《おとしい》れようとする謀略は、ひそかに進んでいるようであった。

それはともかく――。

紙漉町の一帯は、江戸市中から集めた屑紙を漉き返す、いわゆる浅草紙の生産地で、異様な匂いの立ちこめるあたりであった。

だが、その悪臭も、まだ届いてこないあたりに、おたるの住む長屋はあった。

正式には、善右衛門店《ぜんえもんだな》というのだが、土地《ところ》では［胴切長屋《どうぎり》］と呼ばれている。

なんとも物騒な呼び名であるが、これは、昔このあたりに、罪人を試し斬りにした土壇場《どたんば》があったことかららしい。

浅草紙問屋の先に路地木戸があり、南に向かって裏店が続く。

これが［胴切長屋］だ。

路地木戸を潜ってすぐの左が、おたるのいる裏店だった。

九尺二間の裏店に比べて、四倍の広さの十二坪ある。

九尺二間だと、打ちつけの雨戸に腰高障子一枚きりだが、こちらは間口も広い。

三間四間の棟割り長屋であった。

雨戸横には、「長」の字が入った硯箱《すずりばこ》の、小さな絵看板が吊り下げられている。

おたるの亭主の長次は、居職《いじょく》の指物師《さしものし》だから、これくらいの広さは必要なのだろう。

長次は、入り口の吊り看板に見るとおり、硯箱作りを得意とする職人だ。

「ごめん」

塗笠をとったのち、勘兵衛が外から声をかけると、

「ほーい」

野太い女の声がして、待つほどもなく腰高障子が開いた。

顔を覗かせたのは、背中に赤児をくくりつけたおたるで、

「あや！」

勘兵衛を見、次に腕のなかで泣いている赤児を眺めると、

「まあま」

と言った。

「勘兵衛さまの、お子さまですか」

動じたふうもなく言う。

「まさか……」

勘兵衛は苦笑して、

「突然にすまぬ。実は、難儀しておる」

「まあ、ともかくなかへ……」

言いながら両手を広げてくるのに、勘兵衛は赤児を託した。

土間横の竈《かまど》では、羽釜《はがま》が湯気を噴いている。

折敷《おりしき》の上では、おたるの亭主の長次が、火鉢で焙烙《ほうろく》を使っていた。

朝食の支度中であったようだ。

「忙しい折にすまぬな」

そうは言ったが、勘兵衛の困惑は、さらに増していた。

連れてきた赤児が泣くものだから、おたるがおぶっている赤児までが泣きだしてしまったのだ。

「ああ、よしよし」

おたるは背の子を揺さぶるようにあやしながら、

「あらま、いったい、このおむつはなんだい。もしかして……」

素っ頓狂な声を出して、勘兵衛を見た。

「いや、俺はなにもしておらん。はじめから、そうなのだ」

「ふうん。おかしな具合だねぇ。ええ、ええ、やっぱり、おむつが汚れてますよう」

手早く処理にかかっている。

そのまま土間に突っ立っている勘兵衛に、焙烙を手にしたまま長次がやってきて、

「どうぞ。とにかく、お上がりくださいやし」

そう勧めた。

長次は三十後半、小柄で律儀そうな男である。

「おことばに甘える」

土間口に腰を下ろし草鞋を脱いで、懐の手拭いで足を拭ってから折敷に上がった。

長次は、再び火鉢に戻り、焙烙でなにかを煎《い》っている。

勘兵衛も、先月ここにきて知ったことだが——。

糠に釘、煎りて利かせる指物師

という川柳が語るように、長次が煎っている焙烙の中身は、米糠と木釘であった。

指物師は、煙草盆や硯箱、半襟箱などを拵《こしら》えるが、木と木を接ぐのに木釘を使う。

木釘はウツギから作るのであるが、米糠で煎ることにより強度を増すのだそうである。

「あら、まあ」

再び、おたるが素っ頓狂な声を出した。

「どうしたい」

長次が振り向くのに、おたるは、

「それが、さあ。おかしいと思ったら、このおむつ、六尺だよ。いったい、どういうこったろうねぇ」

「へえ。ふんどしかい。ははん、おおかた女房に家出されるかして、男親が間に合わせに使いやがったかな」

それにしても、おかしな話だ。

「ふうん。お腹もすかせているようだねぇ」

襁褓を取り替えてもらっても、まだぐずっている赤児に、おたるは背負った子を下ろしたのちに、襟元をゆるめた。

懐から摑み出してきた白く豊満な乳房に、思わず勘兵衛が目のやり場に窮していると、長次が、

「いえね。近ごろのガキは辛抱というものを知らねぇ。職人になるより、商売人のほうがいいなんてぬかして、つい先日に見習いがやめちまいましたのさ」

まるで関係のないことを言う。

「ちょうど出代わりの時期でござんしたからね」

それで見当がついた。

出代わりというのは、年季奉公の、いわば契約更改の日であって、一昨日の三月五日が、その日にあたる。

先月にきたとき、ここには十歳ほどの小僧が通いできていて、あの焙烙を火鉢にかざしていた。

その小僧が見習いをやめて、別の商家に鞍替えをしたらしい。

それで仕方なく、自分が木釘を煎っているのだ、と言いたいらしい。

乳房を含んで、ぴたりと赤児は泣きやんでいた。

「ふん、ふん。そうかえ。やっぱ、腹をすかせてたんだねぇ」

おたるも長次も、この赤児はどういうわけだ、などとぶしつけには尋ねてこない。

いや、尋ねたいのだろうが、遠慮をしている。

3

話のとっかかりに勘兵衛は、

「ところで、その子は男かね。それとも女子かね」

と尋ねた。

「うちのちよとちがって、立派なお道具を持っておいでだよ」

ちよ、というのが長次とおたるの間に生まれた女児で、長次の、ちょ、から、ちよと名づけたのだ、と先月におたるは説明した。

前の女房に、子のできぬまま先立たれた長次には、四十近くになって初めて得た子だから、その喜びようも、一入《ひとしお》であったという。

「そうか、男児か。いや、実はな……。どうも……捨て子らしいのだ」

「え、蜜柑籠《みかんかご》かい」

「なんですか。その蜜柑籠ってのは」

「うん。だから、捨て子のことだよ」

江戸では捨て子をするとき、蜜柑籠に入れることが多いので、そう呼ぶのだ。

「やっぱり、そうだ。女房に逃げられた男が、とても面倒を見きれねえってんで、そいで捨てちまったのよ。だらしのねぇ野郎だ」

長次が言うのに、そうかもしれぬな、と勘兵衛は思った。

「で、どこに捨てられてたんで？」

「実は、つい先ほどに堀田原にて……」

勘兵衛は、事《こと》のいきさつを詳しく話した。

話の合間にも、おたるは忙しい。

乳を飲ませたあとは、すっかりおとなしくなった赤児を、ちよの横に寝かせつけ、羽釜のなかを確かめて、土間の竈の火を落としたりしている。

二人並んで、すやすやと寝息を立てはじめた赤児だが、身体の大きさは倍からちがう。

昨年末に生まれた、ちよのほうは、まだ小さい。

忙しく身体を動かしながらも、勘兵衛から、ひととおりの話を聞き終えたおたるは、

「ふうん。板倉さまってのは、そんなに薄情な御家かい」

怒ったような顔つきで言ったのち、改めて赤児が身につけている産着をつまんだり、綿入れを裏返してみたりしはじめた。

そして――。

「ねえ、これ、ほんとうに捨て子だろうか。産着なんか絹物だし、この綿入れだって縫い取り錦だよ。そんじょそこらにあるもんじゃなさそうだし……」

首を傾げた。

「ふむ……」

実は勘兵衛も、そのあたりを不審に思っていた。

少なくとも、長屋に暮らす町人の子、などとは思えない。

「でも、おしめは六尺なんだろう」

長次が言う。

「そこんとこが、おかしいんだよね。こんな産着を着せるくらいのところなら、ほかに女手もあるだろうに」

「そりゃ、そうだなあ。それで子を捨てるってのは、納得がいかねぇな」

長次も、首をひねっている。

「それにさあ……」

おたるが続けた。

「子を捨てるなんて、よっぽどのことだと思うから、どこの誰兵衛なんて書きつけを残しはしないだろうけど、やっぱり、のちのちの手がかりに、たとえば臍《へそ》の緒《お》とかさあ、それとも証拠の品とか、なんとかをつけておくというのが、親心じゃないかねえ」

子が生まれると、産婆は臍の緒を桐の箱に入れて、生年月日を記して親に渡す。

このころは、この臍の緒が戸籍の役を果たしたのである。

「…………」

しばらく、沈黙が落ちた。

「ところで、その子……。いくつくらいであろうな」

尋ねた勘兵衛に、おたるは即座に答えた。

「石畳の上を、綿入れから這い出して這い這いをしていたんだろう。だったら、生まれて間もなく一年ほどになるだろうよ。早い子なら、一年もたたずに歩きだす子もいるくらいだ。だから、うちのちよと同じ二歳だね」

「そうか……」

昨年末に生まれても、新年がくると二歳であった。

また、沈黙が生まれた。

「ねえ、あんた……」

勘兵衛が言いにくそうにしているのを察したのか、おたるが長次に話しかけた。

「こうなったのも、なにかの縁だ。勘兵衛さまもお困りのようだし、この子をしばらく、うちで預かってやってもいいだろう」

「おう。幸いに、おまえは乳の出もいいようだし。俺に異存はないぜ」

長次は、快い返事を返した。

「いや、まことにかたじけない。おことばに甘えるようだが、そうしてもらえれば、大いに助かる。いや、そう長いことではない。すぐにも目付に届けを出そうほどに、ほんのしばらく面倒を見てやってくれるか」

地獄に仏とは、このことだと勘兵衛は思った。

だが、おたるは少し高い声を出した。

「え、目付って……。そりゃ、だめだよう。お役人なんて、人を人とも思っちゃいない。そんなことをしたら、この子がどんな目にあうか、わかったもんじゃないよう」

真剣に言う。

一度でも乳を与えて、情が湧いたのであろうか。

「以前に聞いた話だけど、やっぱり、御武家の門前に捨て子があって……」

その屋敷では、捨て子の身体の傷の有無などを調べ、書付をもって目付に届けた。目付は、さっそくに貰い人を探し、その間、捨て子があった屋敷では子を預かっていたが、ほどなく貰い人が見つかった。

こうやって貰い人が出てくると、住所、氏名、職業を記した証文と引き替えに捨て子を渡し、それで養い親が決まったことになる。

「でも、それが人買い同様の玉出し屋で、育てるだけ育てたあとは、適当なところに売っ払っちまう。早い話が、お役人とつうつうでやってるんだよ。そんなことになったら、かわいそうじゃないか」

「ふうむ……」

　そんな話は、勘兵衛も、故郷の越前大野で聞いたことがある。

　役人というものは、赤児の将来などに思いはいたさず、その場その場を滞りなく無難に処理するのが役目だと心得ているらしいのは、幕臣においても同じであるらしい。

　またも、沈黙が落ちてしまった。

　そんな話を聞いては、勘兵衛もなんだか目付に届けるのが、ためらわれる。

　長次が、口を開いた。

「じゃ、どうだろう。いっそのこと、俺っちの子にしちまってもいいんだが、勝手にそんなことをして、お咎めがあってもいけない。ここはひとつ、家持《やもち》さんに相談して、知恵を借りてみようか」

「そうして、おくれかい」

「うん。なに、子供ができずにほしがっている夫婦は意外に多い。それで養い親が見つかれれば、それでよし。勘兵衛さま、どうでしょう。それまで面倒は、あっしら夫婦におまかせくださいやすか」

「それは願ったりだが、ここの家持というのは……？」

「へえ。隣りの浅草紙問屋の、紙屋善右衛門という、この長屋の持ち主でさあ。名前のとおりに、親切なお人でございますよ」

「ありがとうよ、おまえさん」

おたるが、嬉しそうな顔になった。

夫婦ともに、人情に厚い善人なのだ。

「しかし……」

ふと長次が顔を曇らせ、

「あっしにゃ、さっきからひとつ気がかりがあるんでやすが……」

「うむ」

「おたるも言いやしたが……。ほんとうに、この子が捨て子なのか、どうか……」

「お、そうだったな」

安堵したあまりか、勘兵衛も、ついそのことを、どこかに置き忘れていた。

「もしかしてとも、思うんでやすが、この子は捨て子なんかじゃなくて、たとえば、何者かにさらわれたっていうふうには、考えられやせんかね」

言われてみれば、そのようにも考えられる。

いや、そう考えるほうが、辻褄《つじつま》も合うのだ。

「ううむ……」

　思わず、勘兵衛はうなった。

「じゃ、おまえさん。もしそうなら、この子のおっ母さんは……」

「おうさ。今ごろは、泣きの涙に暮れていなさろう」

「どうしよう。おまえさん」

「そうだな。ここはひとつ、家主さんより先に、六地蔵の親分さんに相談したほうが早そうだ」

「それは、そうだね」

「そうと決まれば、ぐずぐずもできねえ。さっそくだが、すぐに行ってくらあ。勘兵衛さま、お聞きのとおりで……、今しばらくお待ちを願えますか」

　玄関口の雪駄《せった》をつっかけるなり、長次は、あたふたと出かけていった。

　その背を見送ったあと、勘兵衛は、つくづくと拾ってきた赤児の寝顔に見入り、

（おい。無事に母御の元に戻れればよいのにな）

　はたして、見つかるか、などと考えていた。

　こうして、思わぬ事態に巻き込まれた勘兵衛だが、その勘兵衛自身を見つけ出そうとしている人物が、このとき――。

同じ江戸の空の下にいる、などとは想像だにしていなかったのである。

4・

深川・永代嶋《えいたいじま》に二郎兵衛町《じろべえちょう》というところがある。

この物語の五十年ほど昔にあたる寛文《かんぶん》のはじめまで、付近は海岸の干潟《ひがた》であった。そこを漁師の二郎兵衛や藤左衛門《とうざえもん》ら六人が埋め立てて、それぞれの名を冠した町を唱えて名主《なぬし》となった。

それが、この町の起こりと由来である。

のちには深川・佐賀町になるところだが、延宝《えんぽう》四年（一六七六）のこのころ、この町の裏側は材木置き場、すなわち木場《きば》が広がっていた。

そこよりもっと東方に、新たな木場（深川・木場町）が開かれるのは、これより二十五年ののちである。

その二郎兵衛町に幅六間（約一一メートル）ほどもある立派な船着き場を持つ、ひときわ大きな家があった。

浅草・平右衛門町の船宿［よしのや］楢七《ならしち》の寮（別荘）だと知っている、近隣の漁師や木場職人相手のめし屋にとっては、不思議でもなんでもない。

「よしのや」は、吉野丸という長さ四間三尺（約八メートル）の屋形船を持っている。

しかし、それを知らない通りがかりの人は、たいがいが首を傾げる。

というのも、その船着き場に屋形船はおろか、小舟の一艘もとまっているのを見かけない。

近隣は漁師町で、夕刻になると舟と舟とをつなぎ合わせた漁師舟が、ぎっしり舫《もや》われているのと対照的であった。

さらには、この船着き場の持ち主と思える二階屋だが――。

茨垣を巡らせ、網代戸《あじろど》の木戸門がついているが、門はいつもひっそり閉じられていて、ついぞ人の出入りを見かけない。

どう見ても商家でなさそうだが、あまりにたいそうな船着き場がある。

はて――？

と、首をひねるのが常であったのだが、このところ、小さな変化があった。

年老いた寮番一人が守るこの家に、人の出入りが目立つようになったのである。

おそらくは七、八人。

大半は浪人のようだが、町人らしいのもいる。

様子からして、住みついているようだ。

この突然の変化に——。

——はあて。なんじゃろべ。まさか、盗人宿にでも、なっておるんじゃなかろうかい。

近隣の貧相な小屋同然の陋屋《ろうおく》に居住する漁師たちは、そんなことを囁きあっていたが、

——触らぬ神に祟りなし、と言うべ。じゃが、なんやら、おっかねえな。

——と言うて、わしらに盗られるもんもあんめぇよ。

——そりゃあ、そうだべ。盗人のほうがびっくりして、金でも恵んでいくべさ。

などと自虐的な会話で、それほど気にも留めはしなかった。

このところ菜種梅雨なのか、うっとうしい雲行きが続いていたが、久方ぶりの晴天の朝に、［よしのや］深川寮の木戸門が開いた。

姿を現わしたのは、こざっぱりと唐桟《とうざん》の袷を着た色黒の男で、姿形《なり》からすると商人に見えなくもない。

名を条吉《じょうきち》という。

「…………」

条吉は、しばし大川を眺めた。

船着き場の左右に舫われている漁船は、きれいさっぱり姿を消している。

きょうも、早朝のうちに漁に出かけたのであろう。

聞いた話では、そろそろ春鱚《はるきす》釣りの季節であるそうな。

右手上流に大川の三ッ俣があって、正面には霊岸島《れいがんじま》が横たわり、久世大和守《くぜやまとのかみ》や松平《まつだいら》伊豆守《いずのかみ》といった大名家の蔵屋敷が建ち並んでいる。

その先には八丁堀《はっちょうぼり》、日本橋南、そして江戸城が聳《そび》える。

朝日をはじき返しながら流れる水面に、垂れ目を細めながら、条吉は、さらに首を左にまわした。

富士の山が望まれた。

「ふうん」

意味もなく条吉は、声を出した。

このところ、くさくさした気分を持てあましていたのが、少しは気が晴れたようである。

条吉というこの男、ひょんなことから江戸に出てきた。それが半年ほど前だ。

だが、それも二ヶ月ばかりで、江戸を離れた。

再び江戸に舞い戻ってきて、そろそろひと月ほどになる。

成り行きとはいえ、この深川に住むことになろうとは思いもしなかった。

実のところ条吉にとって、この深川・永代嶋という土地《ところ》には、不快な覚えがある。

もう少し下流の越中島《えっちゅうじま》近辺で、女の死体を流したことがあった。

それも、五ヶ月ばかり前のことだから、記憶もなまなましい。

思わぬ次第で、そんな近間に住み込むことになってしまい、それで胸のつかえる思いなのである。

それが、久方ぶりの晴天で、おまけに眼福《がんぷく》も得て、少し晴れ晴れとした気分を味わったのだ。

(百間《けん》と少しか)

知らず知らず、ここから霊岸島までの距離を読んだりもした。

(故郷の舟渡しよりは狭い……)

そんな感想も抱いている。

条吉というこの男、越前の九頭竜《くずりゅう》の川端で生まれ、三十年と少しを川音を聞きながら過ごしてきた。

だから、本人自身は気づいてはいないようだが、このひと月ばかりをこの大川端で過ごすうちに、殺伐とした気分とはうらはらに、ずいぶんと気休めにもなっていたようである。

（どれ……）

いったんは、いつものように左手に歩きはじめた足を停め、ふいに思いついて、逆に川上へ向かいはじめたのも、今朝の気分の良さのせいであったろう。

寮から川下へ橋を渡ると、藤左衛門町の端っこのところから、霊岸島への渡し船があった。

深川の大渡しと呼ばれるところで、いつもなら条吉は、その渡しに乗るのであった。

ちなみに、ちょうど二十年後には、この渡しの場所に長さ百十間余の永代橋が架けられて、深川の大渡しは廃される。

新大橋もまだなくて、この大川に架けられた橋は、このころ両国橋の一本きりであったのだ。

ふと思いついて、条吉が上流に向かったのは、ほかでもない。

（久しぶりに、舟でも漕いでみようか）

そんな気分になったのである。

およそ四町（約四〇〇メートル）ほど上流の小名木川《おなぎがわ》河口に貸し舟屋があった。弥兵衛町と呼ばれるあたりだ。

　万年橋の袂あたりに、古びた川舟が三艘繋がれている。

　近ごろは猪牙舟《ちょきぶね》が大手を振って、水上を走りまわっているのにくらべ、なんとも野暮ったい舟であった。

　その貸し舟屋に、ふらり飛び込んだ条吉が、

「おい、亭主。舟を一日借り切りたいんやけど、いくらけ」

「そいつは、ありがたいこって。へぇ、こちらは、江戸とはちがって安うござんすよ。一日貸しなら一分二朱。それに船頭の弁当代に一朱を頂きやす」

　まだ大川からこちらは、江戸という認識がないころで、大川の向こうが〈お江戸〉で、江戸のほうからすれば、こちらは〈川向こう〉という時代である。

「そうかい。ふうん。実は船頭はいらないんや」

「へ……」

　船頭も兼ねているらしい亭主は、豆腐でも踏みつけたような声を出した。

「こう見えても、俺の本職《うら》は船頭でね。だから舟だけ借りればいい」

「そんな、あんた……。どこの誰とも知れないおひとに、大事な舟を渡せませんよ」

　そう言われれば、なるほどそのとおりだ、と条吉も苦笑した。

しかも条吉には、強い越前訛《なま》りがある。

怪しまれて当然だった。

「いや。こりゃ、俺《うら》の言いようが悪かった。なに、俺《うら》は、ほれ、二郎兵衛町の寮に住んでいる者や。怪しいものやない」

「へえ、すると、あの「よしのや」さんの船頭さんで……」

亭主の勘違いに乗って、条吉は、

「そういうことだ。うん。といっても、見知らぬ他人に変わりはなかろうな。で、どうやろう」

懐中から、ずるずると胴巻きを引きずり出して、

「借り賃は、船頭抜きでも一分二朱を出そうやないか。それとは別に、用心金《ようじんがね》を預けるがね」

言いながら、小判一枚を胴巻きから出してみせると、亭主の表情が動いた。

胸算用をしてやがるな……と見た条吉は、さらにもう一枚、小判を取り出した。

「どやい。用心金二両だ。これなら文句はないやろう」

商談は成立したが、亭主も然《さ》る者で、三艘の川舟のうち、いちばんぼろっちいのしか貸さなかった。

5

（ちょいと、酔狂が過ぎたかな……）

小名木川口から大川に向けて、川舟を漕ぎ出しながら条吉は苦笑した。

二両の用心金は、舟を返せば戻ってくるとはいうものの……。

一分二朱といえば、銭にして千五百文に相当する。

女房子供のいる棒手振商人なら、五日分の生活費にあたるのだ。

（ま、いいさ……）

金なら、腐るほどにあった。

なにやら自分が、得体の知れないものに首を突っ込んでいる、という自覚はある。

自覚はあるが、いったい自分は、なんのために働いているのか、ということが、もうひとつよくわかっていない。

（ただ、旦那の言うとおりに動いているわけだが……）

金だけは、たっぷり手に入る。

（ま、それで、いいのさ）

九頭竜の川端で、食うや食わずの生活をしていた条吉にすれば、金に困らない今の暮らしは、捨てがたいものがある。

（どうでも、いいのさ……）

条吉には心の裡《うち》に、そんな虚無の影が棲《す》みついていた。

大川を通行する大船、小舟、あるいは停泊中の菱垣廻船《ひがきかいせん》などを避《よ》けながら、条吉の操る舟は大川を下流へ斜めに突っ切って、やがて霊岸島と石川島の間を抜けた。

右手の岸辺は鉄砲州、その先では築地本願寺の大屋根が、朝日を照り返している。

春風が、気持ちよく頬をなぶっていく。

思わず知らず、条吉は故郷の船頭歌を口ずさんでいた。

「はいやー可愛や、いつきてみても、たすき投げやる暇がない〜」

条吉が故郷の船頭歌と信じている、この〈ハイヤ節〉、実は天草諸島は牛深《うしぶか》の生まれである。

それが北前船《きたまえふね》の船乗りたちによって、北陸に伝えられて越前・三国港《みくに》へ。

そして三国港から、九頭竜の川船の船頭によって、条吉の故郷である森川村にも、伝えられていたのである。

さらに、この唄は、越前まで出稼ぎにきていた加賀・白峰村の人びとによって加賀にも伝わり、ついには加賀を代表する民謡となっていく。

それはともかく、条吉の故郷である森川村は、勝山藩領の半農、半漁の村であった。

この地には、九頭竜川の対岸――中島村まで一四三間（約二六〇メートル）幅を結ぶ〈小舟渡〉という渡しがあった。

いつしか条吉は、捨ててきた故郷に思いを馳せている。

無明《むみょう》の道

1

条吉は、〈小舟渡〉の、船頭二十人ほどを束ねる舟元の家に生まれた。

ところが、条吉が七歳のときである。

突然に勝山藩の役人が、見も知らぬ笠松《かさまつ》と名乗る男を伴ってきて、これよりのちは条吉の父親に替えて、その笠松を〈小舟渡〉の渡し守に据える、とのお達しがあった。

青天の霹靂《へきれき》とも思えるその事態に、もちろん条吉の父親は激しく抵抗した。

笠松には、新たに舟屋敷が与えられ、領主より四石二斗の米を給せられる、とのことだから、笠松と役人の間に賄賂《まいない》があったのであろうことは、容易に察せられた。

だが条吉の父親の抵抗は、あっけなく終わった。

ある夜明け、条吉の父は水死体となって舟溜まりに浮かんでいたのである。

残された母子は、やがて住処《すみか》を追われた。

それまでの舟元の屋敷を取り壊し、その地に新たに舟屋敷を建てるというのだ。

その不条理も、不正も殺人も、ついには糺《ただ》されることもなく、村人も、船頭たちも、すべてが長い物に巻かれて口を閉ざし、幼い条吉と母は、追われるように村はずれの岸辺に掘っ立て小屋を建てて住んだ。

わずかに与えられたのは、一艘の川舟。

その川舟が、母子の唯一の生活《たつき》の糧《かて》であった。

その川舟で、条吉は漁を習い覚えた。

だが、幼い少年に舟をうまく操れるはずもない。

それでなくとも、九頭竜の流れは荒い。

舳先《へさき》に荒縄をしっかとくくりつけ、母が岸辺で荒縄を握り、舟が流されないように足を踏ん張る。

漁獲は、母子二人が、ぎりぎり生きていくほどにしかならなかった。

長じてからは、出稼ぎの筏《いかだ》師で金を稼いで、どうにか日日を生きてきた。

そんな暮らしのなかで、条吉が育ててきたのは、憎しみという樹木であった。

笠松が憎い。役人が憎い。村人が憎い……。

そして母親が死んだころからは、諦めと虚無が心に棲みついた。

そんな折である。

ある日、漁に出た条吉は、河原に打ち上げられた人影に気づいた。

(水死人《おろく》や……)

袴姿から見ると、武士のようだ。

流れに揉まれて、上半身は半裸に近くなっている。

だが、かろうじて着物は脱げ落ちずにいた。

(うっちゃっておくか)

そのとき、陽光に、きらりと光るものがあった。

(刀や……)

溺れ死んでなお、その武士は大刀を握りしめているようである。

金になる……。

男が打ち上げられた河原に向けて、条吉が舟を進めたのは、そんな損得勘定のゆえだった。

青白い男の頰には、醜く深い古傷が刻まれていた。

さらには左の肩口が、ぱっくり割れて、そこから流れ出た血が、河原の小石を濡らしている。

(斬られて、川に落ちたのか)

そして、上流から流されてきた……。

なんまんだぶ……と手を合わせたのち、条吉は男の手から刀を盗ろうとした。

しかし、容易に離さない。

指をひとつひとつ、こじ開けようとしたとき、男の口からうめき声が漏れた。

(生きている……!)

気づくより前に、驚きのあまり条吉は尻餅をついていた。

今では、もうその顔さえ忘れてしまったが、遠い記憶の底に焼きつけられた、水死した父親が、その男に重なった。

水を飲ませ、焼酎で傷口を洗い、と、いつとなしに条吉は男の手当に夢中になった。

男の回復力は、早かった。

口数の少ない男であったけれど、詳しいことは言えぬが……と断わったうえで——。

さる家中の奉行の家に生まれたが、父親が濡れ衣を着せられて争いとなった。父親は斬り死にしたが、男は手傷を負いながらも、なんとか他国に逃れ出た。

そして父の仇を討とうと、再び故国に潜入したが衆寡敵《しゅうかてき》せず、返り討ちにあって川に落ちた。

というようなことを話したのである。

（似ている……）

自分の人生を、男に重ね合わせながら、これが因果というものか……。

ことさらに共通点を比べあわせたわけではないが、すでにして条吉は、深い共感というようなもの、あるいは運命的とも思える縁《えにし》を男に感じていたのであった。

それで――。

いよいよ傷も癒えた男が、

――どうだ条吉、俺と一緒に江戸に行かぬか。

と言ったとき、即座に、

――へえ、旦那。

と答えていた。

実はまだ、男は名も名乗らず、それで条吉は、男を旦那と呼んでいた。

その呼び方は、それから半年以上がたった今も変わらない。

江戸へ向かう道中で、旦那は熊鷲三太夫《くまわしさんだゆう》と名を教えてくれたが、おそらくは偽名であろう、と条吉は思っている。

ただ――。

生まれ故郷を捨て、一緒に江戸に出ると答えた条吉に、旦那はこう言った。

――ただし、俺の生きる道は無明世界の闇の道だ。それだけは、承知していてくれ。

ただし、金だけは困らせぬ。

そのことばに、条吉は無言のまま、うなずいた。

(無明世界……。おう、結構じゃないか)

どういうことは、ないのだ。

生まれ故郷を捨てるには、それくらいの覚悟がいる時代であった。

いや、なによりも――。

七歳のとき以来、条吉はすでに無明世界に生きてきたようなものだった。

漁師としても、船頭としても、あるいは出稼ぎのときも……。

生まれ育った森川村で、一匹狼として、これまでやってきたのだ。

そんな条吉を、村人や舟屋敷の船頭たちは、まるでこわいものでも見るように、息を詰めるようにして眺めるばかりだった。

条吉が消えて、ほっと胸を撫で下ろす者はあっても、悲しむ者とて、一人としていない。

心残りは秋ごとに真っ赤に染まる、岸辺の楓の木の下に、条吉が一人きりで父親に並べて埋めて石を載せた、母親の墓くらいなものであった。

2

そんな始終を胸にのぼらせながら、条吉は舟を漕ぐ。

江戸で条吉を待っていたのは、なるほど旦那が言ったとおりの、無明世界であった。それも、想像をはるかに超える展開であった。

だが、今さら引き返しはならない。

黙って、旦那についていくほかはない。

結局のところ、条吉がそう腹をくくったのは、永年にわたって自らのうちに育ててきた、不条理に対する怒りや憎しみ、あるいは諦念のゆえだったろうか。

どのような伝手《つて》でか、神田・白壁町《しらかべちょう》の小ぎれいな屋敷に旦那と住んで、しかし、出入りの際は、できるだけ人目に立たぬようにしろ、としか言われなかった。

旦那は、ときたま黒ずくめに黒の深編笠で出かける以外は、屋敷に閉じこもっている。

その深編笠には、鋼《はがね》が仕込まれていた。

江戸へくる途中で、旦那が誂えたものだった、

その深編笠を、庭で旦那が投げる練習をしているのを見て、条吉は、それも武器なのだと悟った。

江戸に着き、まず旦那に命じられたのは、春田久蔵《はるたきゆうぞう》という人物の消息《しようそく》を探ることであった。

その春田の風貌を、細かに説明したのちに旦那は、

——芝の三田《みた》四丁目というところにな……。

肥前島原藩の下屋敷横の町内に、町並屋敷が並んでいるという。

——その、いちばん西端の家だ。塀は簓子《ささらこ》で、門は檜皮葺《ひわだぶき》という洒落た造りの家だから、すぐにわかろう。

江戸のことは、右も左もわからない条吉に、詳しく絵図まで書いて説明して、そこに春田という男がいるはずだと言った。

——で、なにかご伝言でも。

——うん。この書状を渡してな。もう一度、連絡をつけるまで、そこにて待てとだ

け伝えろ。ただし、その男、島原藩とは無縁の男ゆえ、下屋敷の者に尋ねてはならぬ。

――わかりました。で、不在のときは？

――そうよの。町の東のほうに自身番所があるから、尋ねてみるくらいにせよ。ついでのことに、ひととおりは江戸の地理を頭に入れておけ。

それで条吉は、さっそく芝まで出かけたが、旦那が教えた家は、無人になっていた。

あとは旦那の食事の支度やら、掃除、洗濯などのほかは、これといった用事もなかった。

江戸見物を兼ねて、あちこち巡り歩きはじめた条吉に――。

次にまわってきた仕事というのが、女の死体を捨てることであったのだ。

子細のほどは、わからない。

いや、知る必要もない、と条吉は割り切った。

前後の事情から察するに、その女はめった町の中宿で春をひさぐ、売比丘尼《うりびくに》だったようだ。

なぜ、その女が殺されなければならなかったのか。

どのような事情が、あったのか――。

そんな一切を、説明もされず、また尋ねることもせず、ただ旦那に命じられるままに動いた。

条吉が悟ったことといえば、ただひとつ。

いよいよ自分が、これまで思いもよらなかった無明、外道《げどう》の道に足を踏み入れたらしい……ということだけである。

大川は、いよいよ大海に出た。

条吉は、築地の浜に沿って舟を漕ぎ続けた。

無明の道に足を迷い込ませた自分なのに、どこまでも広がる春の海は、あくまで明るく、のどかであった。

(あのあと……)

売比丘尼の死体を越中島付近に捨ててから、半月ほどのちのことである。

条吉は旦那と一緒に、一人の武士を尾行することになった。

その日の前夜、旦那はいつになく丹念に刀の手入れに余念がなかった。

だから条吉は——。

(斬りなさるつもりだな)

暗黙のうちに、悟っていた。

二人での尾行の途中で旦那は小さく、

――条吉。

――へい。

――そのまま振り向かずに歩け。どうやら邪魔が入ったようだ。

――さようで……。

――うむ。わしらの前に一人、後ろから二人くる。

そういえば、目的の侍と条吉たちとの間に、一人の侍が挟まっていた。

しかも、二度ほど後ろを振り返った。若い侍であった。

――それでな。

――へい。

――おまえは、このまま、あとをつけろ。行き先を確かめるのだ。

――ほいで、旦那のほうは？

――心配はいらぬ。まわり道をしてからおまえを探す。おまえはな。行き先を突き止めたあとは、近くの目立たぬ場所で見張りながら、じっとしておれ。あとは俺がおまえを探し出す。

――承知したのさ。

――ただしな。よくよく注意をしろ。おまえを捕らえようとするかもしれぬ。そんな気配を感じたときには、かまわぬから、さっさと白壁町に戻れ。

――でも、ほんなら……。

――おかしいと思えば、俺も白壁町に戻る。それからでも遅くはない。

――へい。

――ただな。あとだけはつけられるなよ。

そんな会話を交わしたのであった。

そして――。

まさに、旦那の読みどおりに邪魔は入っていた。

条吉が尾行を続けた侍は、縞物小袖に濃紺の羽織袴姿であったが、手に大きな風呂敷包みを提げていた。

その姿が、伊勢町河岸にある家に入るところまで見届けるとすぐに、条吉は近間の橋に移った。

（やっぱし……）

旦那が言ったとおり、年老いたのと若いのと、あと二人の侍が、ちらりと条吉のほうを見ながら河岸の道を足早に過ぎていった。

（危ないとこ、やったんやざ）

そうそうに条吉は伊勢町河岸を離れ、道浄橋袂にある船宿の用水桶の陰にしゃがみ込んだ。

首を伸ばせば、そこから風呂敷包みの侍が入った家を見通せる。

そのまま、およそ一刻（二時間）ほども見張りながら、待っただろうか。

これといった動きはない。

旦那も来ない。

いつか日暮れがきて、暮れ六ツの鐘も鳴った。

条吉は、だんだん不安になってきた。

（白壁町に戻ろうか……）

しゃがみ込み、煙管《きせる》を使いながら、そう思いはじめたころ、人通りもまばらになった道に、伊勢町河岸のほうから人影が湧いて出た。

思わず身を固くした。

満月に照らし出されたのは、明らかに若い武士だった。

目だけを動かし、その面体《めんてい》を確かめた。

あの侍を尾行していた武士とは、ちがっていた。

それで思わず安堵したが、用心のために顔を伏せた。

（いざというときには……）

堀川に飛び込むつもりで、全身で気配を読んだ。

だが、姿を現わした武士は足音だけを残して米河岸に遠ざかった。

深く息を吐き、条吉は首をめぐらせた。

その背姿を、月光が耿耿《こうこう》と照らしている。

（ううむ……）

心の裡で、条吉は呻いた。

その若い武士は、ゆっくり遠ざかりながら、河岸に並ぶ米蔵のひとつ、ひとつを確かめているようである。

（怪しい……）

条吉は、武士の一挙手一投足に神経を集中した。

（お……！）

途中で反転して、武士が戻ってくる。

（逃げようか）

いや、待て、あわてて動けば、かえって怪しまれる。

条吉は、再び身を固くした。

上目づかいに見た条吉を、若い武士は一瞥したようだが、なにごともなく通り過ぎていった。

（あれは、どのような心境だったのだろう）

あとになって条吉は、自分でも不思議に思ったものだが、次にはその武士のあとをつけはじめたのである。

だが、その武士が、突然走りはじめた。

思わず条吉もあとを追ったが、いつしか姿を見失った。

条吉は、そのまま、白壁町の塒《ねぐら》に帰った。

旦那が戻ってきたのは、それよりずっとあとだ。

かぶって出たはずの、鋼仕込みの深編笠が消えていた。

なにがあったとも告げず、旦那は唐突に言った。

——あす早朝に、江戸を離れるぞ。

翌朝——。

竪川《たてかわ》沿いを東へ半里も行くと、道は見霽《みはる》かす田園のただなかにある。

そして、やがては中川に行く手を遮られる。

逆井《さかい》の渡しで中川を渡るころは、まだ昼前であった。

渡し船を下りるとすぐに、逆井の宿場町があった。

その宿場町で早い中食《ちゅうじき》をとっていると、旦那が言った。

——少し先に［奈良屋］という旅籠《はたご》があろう。

——へい。

死んだ母親に教えられたおかげで、条吉は文字が読める。

——うむ。そこで二、三日待っておれ。ふふ……。飯盛女《めしもりおんな》と遊んでおってもよいぞ。

——で、旦那は？

——なに、当分の塒《ねぐら》を見つけてくるのよ。

ことばどおり、三日ののちには、旦那は塒を見つけてきた。

またまた、どのような伝手かはわからないが、それが東小松川村の品清《しなせ》という集落にある無人の稲荷社の社務所であった。

当分の塒と言いながら、条吉は結局その稲荷社でその年を越し、梅の花が咲きそろいはじめた如月《きさらぎ》まで、およそ三ヶ月ばかりを住んだのであった。

条吉が、一足先に江戸に戻るにあたっては、旦那から二つのことを調べるように指示されている。

それから、ほぼ、ひと月——。

条吉は、毎日のように三田《みた》、ときには高輪《たかなわ》あたりまで足を伸ばして調べ歩き、多少の成果を得ていた。

しかし、まだまだ満足のいく内容とは言いがたい。

条吉の操る舟が、甲府様御浜屋敷の沖を通過したころから、汀《みぎわ》には埋め立て中の普請地が続く。その向こうには、増上寺の伽藍《がらん》、塔頭《たっちゅう》が並び立っている。

この季節は大潮で、高輪海岸や品川海岸などの遠浅のところでは、朝のうちに潮が引いて、広大な干潟地が出現する。

それで、舟の舳先のほうに見える高輪の沖合では、まるで座礁でもしたように、干潟に乗っかって点点と舟が見え、そのまわりに胡麻粒のように人びとが蠢《うごめ》いていた。

潮干狩りの舟と、行楽の人たちであった。

聞くところによると、浅蜊《あさり》や蛤《はまぐり》がとれるらしい。

酒やら弁当やらを準備して、まだ朝も暗いうちから底が平たい舟を借り、潮干狩りの客は沖合のほうから、浜辺に近づく。

やがて、潮が引きはじめると、舟はそのまま干潟に残される。

それからひと遊びして、弁当や収穫の貝など食ったりしていると、昼から夕刻にかけて潮が満ちはじめ、再び浮かんだ舟で帰っていくという寸法らしい。

彼方に長い砂浜が見えてきた。

芝浜と呼ばれる。

芝浜の端っこに鹿島社があって、その近くに［舟源《ふなげん》］という船宿があった。

その船宿からも、条吉はこれまでに、いくつかの情報を得ていた。

三田や高輪を探索したあとは、ときおりはその［舟源］の舟で深川の寮に戻ることもあった。

借りてきた舟は、そこに預けるつもりである。

浜に近づいていくその頭上を、鷗が飛んで過ぎていく。

3

さて、旦那こと、熊鷲三太夫のことである。

この男、本名を山路亥之助《やまじいのすけ》という。

亥之助の父は、越前大野藩五万石の郡《こおり》奉行を務めていた。

そこに波乱が押し寄せた。

三年前の春である。

そのころ大野藩においては、国家老の小泉権大夫《こいずみごんだゆう》が一手に権力を集めていた。

ただ小泉家老には、泣き所があった。

江戸家老であったころに、商人から負った大きな借財である。

蓄財や、遊興のために作った借財ではない。

藩主の松平直良《なおよし》は、嫡男に恵まれなかった。

次つぎと、夭折《ようせつ》していったのである。

最後の男児を四十八歳のとき喪《うしな》い、直良にはついに嫡男がいなくなった。

それで、当時の国家老であった乙部勘左衛門《おとべかんざえもん》に、直良の親戚である越前松平家のうちから養子をとろうとの動きがあった。

直良には満姫《まんひめ》という娘がいて、これに娶《めあわ》せて次代に戴こう、というのである。

一方、これに反する動きもあった。

それが、江戸家老であった小泉権大夫と、江戸側役であった松田与左衛門吉勝《まつだよざえもんよしかつ》の二人である。

藩主、直良の側室に、若く健康な女性を配すれば、新たな若君の誕生も夢ではない、という一種の賭けに似たもくろみであった。

そして、この賭けは、やがて実を結ぶ。

松田が探し出してきた、新たな側室が懐妊したのだ。直良が五十二歳のときであった。

だが国許《くにもと》では、すでに満姫の婿取りが決定していた。

相手は直良の兄にあたる、出雲松江藩主の次男で松平近栄《ちかよし》であった。

側室が身ごもったとはいえ、まだ男児とも女児とも判然とはしない。

なにより、その事実が国許に漏れれば、刺客が送られてくる可能性もある。

それで身ごもった側室は、秘密裏のうちに隠された。

そのような機密費の捻出が、小泉の借財として積もっていくのである。

そして――。

二十一年前の明暦《めいれき》元年（一六五五）の十一月七日、越前大野藩は松平近栄を迎えて養子とし、翌月四日に満姫との婚姻を終えた。

ところが翌年の正月四日、直良の側室が玉のような男の子を産んだ。

まさに小泉家老の思惑は、図にあたったのである。

以降、小泉と国家老の乙部の間に、熾烈《しれつ》な権力闘争がはじまった。世継《よつぎ》争いである。

それで小泉は、さらに借財を積もらせていった。

やがて、闘争に終止符が打たれるときがきた。

左門《さもん》、と名づけられた直良の実子が十二歳になった春のことだ。

直良は近栄との養子縁組を解いて、正式に左門を世子と定めたのである。

近栄は、実兄の松平綱隆《つなたか》から出雲松江藩十八万六千石のうちから三万石を分与されて、出雲に戻っていった。

このとき、国家老だった乙部勘左衛門は、新たに立藩された出雲広瀬藩（現安来《やすぎ》市広瀬町）の家老として、他の近栄派家臣たちとともに、出雲に移った。

こうして世継ぎ闘争に勝利した小泉権大夫は、国家老となって、藩の権力を一手に握ることになるのだが、問題は山と積もった借財である。

目をつけたのが、面谷《おもだに》銅山だ。

産する銅の登高《のぼりだか》（出来高）をごまかし、それを借財の返済に充《あ》てた。

これに手を貸したのが、当時の郡奉行であった山路帯刀《たてわき》、すなわち亥之助の父である。

だが、銅山不正はやがて怪しまれはじめた。

そのとき、小泉家老は最後の賭けに出た。

銅山不正の証拠を湮滅《いんめつ》するために、大野藩領・持穴村の山師頭領の屋敷に焼き討ちをかけて、証拠書類をことごとく灰にしようとのたくらみだ。

小泉家老の郎党や、亥之助をはじめとする山路家郎党たちの一団が、山師頭領である武左衛門《ぶざえもん》の吹屋《ふきや》を襲ったのである。

だが、遅かった。

すでに忍び目付によって証拠は押さえられ、目付衆の捕縛の手が伸びていたのだ。焼き討ちには成功したものの、亥之助たちのあとを追ってきた捕手《とつて》たちと、山中での、すさまじい闘争がはじまった。

傷を負いつつも、亥之助は、囲みを破っての逃亡に成功した。

さる寺の一室に座する、骨張った体軀の男がいた。

傍らに大ぶりな白鳥徳利《はくちょうどくり》と湯呑みが置かれているが、どちらも空《から》だった。

なすべきものが、なにもない——といった体《てい》で、ただうっそりと座っている。

痩せて、表情は陰惨だ。

そげた頰に、異様なほど顴骨《かんこつ》が突き出ている。

男は左手の指で、左頰に深く刻まれた古傷の跡を撫でていた。

往時《おうじ》と面貌はよほどに変わっているが、男は熊鷲三太夫こと山路亥之助であった。

頰の傷は、面谷銅山での闘いのときに受けたものである。

あれから……。
捕手の囲みを破り逃れ出た者は、亥之助のほかに、あと二人いた。
一人は山路家用人の長谷川八百三郎《はせがわやおさぶろう》、もう一人は小泉権大夫の若党の春田久蔵である。
三人は、道なき道をたどるように、領外に逃れようとしていた。
途中、長谷川に傷の応急手当をしてもらいながら、
――いずれは、討手がかかるにちがいない。なんとしても逃れねばならぬが……。
逃亡先に、亥之助は江戸を考えていた。
元もと山路の家は、三河譜代の家に連なっている。
本家は、姓はちがうが家禄八百石の旗本であった。
その屋敷に逃げ込めば、とりあえずは安全、と考えていた。
それで亥之助は、
――俺たちは江戸に逃げようと思う。おまえも一緒にくるか。
小泉権大夫の若党であった、春田に声をかけた。
――さて……？
春田は、しばし考えたのちに首を振った。

——やはり主《あるじ》のことが気にかかります。

——ふむ。しかし、事ここに至れば、いくら御家老とて無傷というわけにはいくまい。下手をすると捕らえられてしまうぞ。

——いざというときには、故郷の甲斐に戻ります。万が一、捕らえられても、お二方のことは知らぬ存ぜぬで突っぱねますゆえ、ご安心を……。

——そうか。では武運を祈っておる。

こうして、山中にて春田とは別れた。

しかし肝心の、逃亡資金がない。

そのとき、長谷川が言った。

——若《わか》。郡上八幡《ぐじょうはちまん》の城下で、縁戚の者が商売をしておりますれば、金策はつきましょう。それまでのご辛抱でございますぞ。

——おう、そうか。頼んだぞ。

こうして亥之助と長谷川は、どうにか江戸まで逃げ延びて、市ケ谷《いちがや》加賀原にある江原九郎右衛門の屋敷に匿われる身となった。

亥之助、二十二歳の夏四月のことだ。

山中での闘いで、何人かの捕吏を斬り捨てたから、あるいは上意討ちの刺客が放たれているかもしれない。

それを用心し、亥之助は江原屋敷から一歩も出なかった。

だが、二ヶ月過ぎ、三ヶ月過ぎするうちにそろそろと油断も芽生えはじめていた。

すでに、そのころには江原の手配で、故郷の様子も伝わってきた。

（なんと……！）

父の帯刀は、捕縛に現われた目付衆と争い斬り死にをしたという。

――むうう……！

思わず、呻き声が漏れた。

（なにゆえだ？）

実は、亥之助、父の帯刀が死ぬ……などとは考えもしなかった。

不正の罪は免れまいが、最悪の場合でも家名断絶のうえで国外追放くらいですむ、と見積もっていた。

これはなにも、楽天のゆえではない。

そうと信じる根拠があった。

それゆえ、本家の江原屋敷にいれば、いつかは父母や妹とも再会できるものと信じて、真一文字に江戸へと逃げてきたのである。

（それが……）

亥之助は、呆然となり、次には絶望感に襲われた。

4

甘い、と言われればそれまでだが、そのとき亥之助が抱いている楽観の根拠は、次のようなものであった。

まず第一に、銅山不正の動機であるが、元はといえば忠義心からである。

少なくとも、そのような大義名分があった。

嫡男がないため、みすみす内戚から養子を迎えるしかなかった主君に、新たな嫡男を与えて世子にした立役者は、まぎれもなく小泉権大夫であった。

先にも述べたが、はたして世子に選ばれるのは松平近栄か、左門君《ぎみ》か――。

越前の大野では藩を二分しての、世襲争いが長期にわたった。

そして小泉権大夫が勝利した。

その小泉が国家老として大野に戻ってきたとき――。

――困った……。

亥之助の父は、頭を抱えていた。

というのも、ほかではない。

藩を二分しての争いのとき、父の山路帯刀は、小泉に敵対する乙部派の最右翼であったからだ。

だが、松平近栄が乙部勘左衛門をはじめとする乙部派を連れて出雲に移るとき、どういうわけか帯刀は、その選に漏れていた。

新たな権力者の交代によって、まさに山路家の行く手には暗雲が垂れこめていた。

それまでの意趣返しに、郡奉行の役職を失うかもしれないし、口実をもうけての減知もあり得る。

はたして――。

ほどなく山路帯刀に、新国家老からの呼び出しがかかった。

――やんぬるかな。

腹を据えて出かけた父だが、やがて安堵の色を浮かべて戻ってきた。

そのとき亥之助は十五歳で、まだ元服前であったため、詳しい事情までは聞かされなかったが、

――いかが、相成りました。

尋ねた母親に父が、

——いや、ゆりよ。案ずるな。これまでどおりじゃ。これも、おまえのおかげぞ。

と答えたのを、はっきり覚えている。

思えば、このとき、国家老から郡奉行の父に持ちかけられたのが、銅山不正の片棒であったはずだ。

なるほど父は、日和見《ひよりみ》とのそしりは免れまいが、新たな権力者からの命《めい》に、逆らえるものではない。

しかも、繰り返しになるが、元はといえば藩主の若君を世子にするために負った借財のためで、ごまかした銅を、父も家老も私《わたくし》するつもりなど一切なかったのである。

その点は、当然に斟酌《しんしゃく》されるべきであった。

そして、今ひとつの楽観の元は——。

そう。母である、ゆりの実家にあった。

ゆりは、大野藩家老分である、津田信澄《つだのぶすみ》の三女である。

この津田家というのは、織田信長《おだのぶなが》の家系に繋がり、藩主直良の母方の親戚筋にあたるので、大野藩にあっては特別の家である。

この点を理解するためにも、少しく津田家の歴史を繙《ひもと》きたい。

織田信長の叔父にあたる織田信康《のぶやす》は、尾張犬山城の城主であった。

その嫡男である信清《のぶきよ》は、信長の妹を娶ったが信長に反旗を翻し、やがて落城して甲斐に逃げ、武田氏の元で犬山鉄斎《いぬやまてっさい》と称した。

そしてその子の信益《のぶます》は、二代将軍、徳川秀忠夫人（淀どのの妹）の口利きで、越前松平家に預けられた。

そのとき信益は、織田の姓を捨てて津田を名乗った。

その信益には、三男二女があったが、長女の奈和子《なわこ》は、越前福井藩の初代藩主である松平秀康《ひでやす》の側室となり、それで生まれたのが現大野藩主の松平直良である。

その縁で、直良の母の兄弟にあたる長男の信総《のぶふさ》、三男の信勝《のぶかつ》が直良に仕え、それぞれが代代、大名分と家老分を約束されて、大野城二ノ丸に館を与えられている。

特別の家、というのは、そのような意味だ。

さて、その津田の二家も代替わりをしたが、家老分津田信澄の娘である、ゆりを娶ったのが、山路帯刀であった。

一方、小泉権大夫の嫡子である、小泉長蔵《ちょうぞう》は大名分の津田富信《とみのぶ》の娘を娶った。

つまり小泉家と山路家は、閨閥という外戚の縁で結ばれているわけだ。

そのような縁故があるので、処罰もよほどに軽いものになろう、とは単に亥之助の独りよがりだけではなく、父の思量でもあった。

事実、江原九郎左衛門からの情報によれば、小泉権大夫へ下された沙汰は、隠居と一五〇〇石から一二〇〇石へと三〇〇石の減知、さらには五十日間の閉門という軽いものであった。

しかも、幕府を憚ってのこともあろうが、大野藩内でも、この銅山不正のことは、完全に伏せられていたのである。

(なのに、父だけがなぜだ……)

捕縛にきた目付衆に手向かい、斬殺されたと聞いたが、その点が納得いかない。

父が手向かうはずが、ないではないか。

あわせて、江原によると、国許で新たな国家老となったのが、大目付を務めていた斉藤利正《さいとうとしまさ》、目付から大目付に昇進したのが塩川益右衛門《しおかわますえもん》と聞いて、

(むむう……、おのれ、斉藤！　塩川！)

二人とも、以前より、ことごとく父に敵対してきた男たちだ。

捕縛に名を借りて、無理にも父を消し去ったのは、あやつらにちがいない。

怨嗟の念は、そのように枝葉を伸ばした。

(見ておれ。いずれ仇《かたき》はとってやる)

亥之助の胸に、黒い怨念の炎が立った。

実は、その時点で、亥之助の知らぬことが二つあった。

ひとつは、その後に小泉権大夫が急死したこと。これは藩庁に病死と届け出られた。

だが、それが毒を飼《か》われた結果だとは、のちに知った。

残るひとつは、父が斬殺された真相である。

その真相を亥之助は、おそらく一生、知ることはないであろう。

今はもう、大野城下でも口に上ることはなくなったが、ひととき〈山路の事件〉と呼ばれて話題になったことである。

〈山路の事件〉とは、郡奉行の山路帯刀に不正の疑いがあり、大目付の斉藤利正が、これを評定所に呼ぼうと、徒目付たちを屋敷に向かわせたところ、山路帯刀は家士ともども抜刀して、激しく抵抗を示した。そのあげくに目付衆によって斬り殺された、という事件である。

だが実際には――。

山路屋敷に向かった徒目付のなかに、小泉権大夫の意を受けた者がいて、いきなり山路帯刀を斬り殺した。

それに驚いた山路の家士が、その徒目付を討った……という風説がある。

もはや死人に口なしのことではあるが、小泉はすべての証拠を湮滅するためにも、山路帯刀を生かしておくわけにはいかなかったのであろう。

と、これは余談である。

では、亥之助の母や妹は……というと、大野藩内の山里に逼塞《ひっそく》して暮らしているそうだ。

(母上!)

いつか必ずや自分が、山路の家を再興させてみせますぞ。

(それまで、どうぞ健やかにお暮らしくださいませ)

江原の屋敷に閉じこもったまま、亥之助が思うことは、ただ、その一点であった。

六地蔵の親分

1

その事件が、その後の亥之助の運命を大きく変えた。

面谷銅山での闘いから、ともに江戸へ逃れた、山路家用人の長谷川八百三郎が斬り殺されたのだ。

江原家に入ってから、四ヶ月ほどがたった九月十三日の夕である。

その日は十三夜《じゅうさんや》と呼ばれる月見の日で、

――このように、いつまでも引きこもっておりますれば、気鬱も進みましょう。たまには気散じも必要ではありませぬか。

そのように、八百三郎から月見に誘われた亥之助だが――。

──いや、まだ、そのような気分にはなれぬ。俺にはかまわず、おまえが楽しんでくればよい。

亥之助は、そう答えたが、そのときやはり油断があったのだ。

その夕、八百三郎は江原家の家士五人と連れだって、湯島天神に出かけていった。

そして月見客で賑わう境内で、斬られた。

そのとき八百三郎は、同行の家士たちとは離れていたらしく、騒ぎに気づいて家士たちが駆けつけたときにはまだ生きていたが、すぐに事切れた。

絶命の間際に、「高井《たかい》」の名を口にした。

境内の出店や目撃者の話では、八百三郎が先に刀を抜いて、それで二人連れの武士の一人に斃《たお》されたという。

二人連れは、そのまま消えていた。

(こなくそ!)

八百三郎が遺した「高井」の名を聞くなり、

(高井兵衛《ひょうえ》か……)

亥之助は、唇を歪めた。

高井兵衛は徒目付で、故郷の村松道場では亥之助と同門であった。

腕前のほうは、三本のうち一本は取られる好敵手で、鋭い太刀筋の持ち主だ。

(やはり、上意討ちの追っ手は放たれていたのか……)

高井のほかは、どのような面面か……?

目の前に、現実が落ちてきた。

──これは、いかぬ。

江原九郎右衛門も、にわかに動いた。

徳川の時代も、まだ初期の、そのころ──。

武士たるもの、救いを求めて駆け込んできた者を、意地にかけても守るのが美風とされていた。

これを〈囲う〉といった。

追っ手の存在が明らかとなった今、いざというときには威信をかけて、事を構えなければならない。

──亥之助、よいか。

八百三郎が死んで日ならずして、江原が亥之助に言った。

──元より我が家は譜代の旗本、大名相手の喧嘩を厭うわけではないが、なにしろ越前松平家は、御家門の家じゃ。

越前松平家は、徳川家康の次男である松平秀康を家祖とする家で、越前大野藩主の松平直良は、秀康の六男であった。

(まさかに……)

それゆえ、俺を引き渡そうというのではあるまいな。

思わず肩を尖らせかけた亥之助に、江原は続けた。

――そこで、そなたの囲い先を変えようと思う。その先というは、本多出雲守政利さまの大名屋敷じゃが、そのほうに異存はあるまいな。

――本多出雲守さま……というと、あの……。

――さよう、大和郡山の……な。

長らく続いた御家騒動が、幕府の裁定で決着したのが二年前、九六騒動と呼ばれて話題の、あの大和郡山藩分藩の屋敷であった。

(しかし、どのような……)

江原と本多出雲とを結ぶ関わりまでは、亥之助も知らない。

――実はな……。

徳川四天王の一人、本多忠勝が十万石で桑名城主になるときに、徳川家康が与力として五十五人の士を〈御附人〉としてつけた。

——三河譜代の我が祖父は、その〈御附人〉の一人だったのじゃ。

——いや、それは初めて聞きまする。

——そうか。それはそうじゃろうなあ。なにしろ、わしの先先代の……うむ……なにせ七十年以上も昔の慶長六年（一六〇一）……。豊臣が滅びるよりもずっと以前のことよ。いや、無理もない。

忠勝の嫡男の忠政《ただまさ》は、大坂の役で武功を上げて、いよいよ徳川の天下となったとき、西国の抑えとして播州姫路に十五万石で移った。

——このとき、〈御附人〉につけられた家の半分がとこは、旗本として江戸に戻った。じゃが、我が家は、あとしばらくを忠政侯を補佐することになり、姫路の地に移ったのじゃ。

——なるほど……。

さて、姫路城主・忠政の嫡男の忠刻《ただとき》は家康の孫娘である千姫《せんひめ》を娶り、父の忠政とは別に化粧料として十万石の新地を与えられたが、労咳《ろうがい》で父に先立ち、三十一歳の生涯を終える。

それで二代目の姫路藩主は、播州龍野《たつの》城主であった弟の政朝《まさとも》が継ぐことになった。

元もと、その龍野藩というのは、政朝の叔父にあたる忠朝《ただとも》の家が受け継ぐべき領地であったが、忠朝が大坂夏の陣で戦死したとき、嫡男の入道丸《にゅうどうまる》（のちの政勝）は、まだ二歳であった。

そして武将の家を誇る本多家には、馬の乗り降りが自在でない者は領主になれぬ、という不文律がある。

それで政朝が、その庶流の家を預かっていたが、いよいよ父の死によって姫路藩を襲封した。

それで龍野藩は、十八歳になっていた政勝に返されたのである。

――我が江原家は、そのとき父の代になっておったが、まだ若き政勝さまの手助けをせよ、ということになって、次は龍野のほうに移ったのよ。

――ははあ、そのようなご縁ですか。

この政勝が、本多出雲守の父である。

――それにしても、あの本多の家は、いやはや、まあ次つぎとなあ……。

江原は、肩をすくめた。

政勝に龍野を譲って姫路城主となった政朝だったが、わずかに六年ばかりで死病を得た。

そのとき、嫡男である勘右衛門《かんえもん》（のちの政長）は六歳であった。

それで政朝は、かつて自分がそうであったように、勘右衛門が成人ののちは、これを返すようにとの約束を取りつけたうえで、従弟である本多政勝に姫路藩を預けることになった。

——幕府《おかみ》も、これを了承し、大和の郡山へ国替えとなった。我が家は、それを機に、本多家を辞して、元の旗本に戻ったというわけじゃ。

結局のところ政勝は、政朝の嫡子が成人したのちも、約束を反故《ほご》にして、大和郡山藩を実子の政利に、そのまま相続させようとした。

それで、騒動が起こったのである。

（ふうむ……）

亥之助は思った。

その騒動は、すでに幕閣において決着がついていた。

大和郡山藩十五万石を分けて、九万石を嫡流の政長に、六万石を庶流の政利にというものである。

いわば嫡庶の順を侵した裁定であったから、本多政利の評判というもの……すこぶる悪い。

（しかし……）

つまりは、それだけの力を持っているということだ。

——で、先方さまでは、このことを……？

——もちろん承知じゃ。快く、引き受けてくださった。

——では、拙者に否やはございませぬ。

ということになり、さっそく亥之助は護衛付きの駕籠で、浅草御米蔵横にある、本多出雲守政利の江戸屋敷に入ったのである。

2

——江原うじから聞いたのじゃが、そなた、なかなか腕が立つそうな。

大和郡山藩分藩の江戸屋敷に入って五日目、亥之助は江戸家老の深津内蔵助《ふかつくらのすけ》に声をかけられた。

改元があって、寛文十三年が延宝元年に変わったころである。

——さほどでも、ございませぬ。門弟が八十人ほどの故郷の町道場で、席次は四位でございましたが。

——そりゃ、たいしたものではないか。流派はなにだ。

——小野派一刀流でございました。

——ほう、そりゃあ。いや、こちらでもな、高山八郎兵衛《たかやまはちろべえ》というて町道場の主じゃが、同じ小野派一刀流の剣客だ。我ら江戸詰の者たちは、その御仁に稽古をつけてもらっておる。ちょうどあすが出稽古にこられる日でな。どうであろうな。そなたも稽古に出てみぬか。

江原の屋敷でも、剣術の稽古は続けていたが、願ってもないことだと亥之助はうなずいた。

そして——。

どうやら、亥之助は深津家老の眼鏡にかなったらしい。

思えば、それが亥之助の、出口の見えない道への一方口であった。

奇妙といえば奇妙だが、修羅場をひとつくぐり抜けて、あるいは亥之助の剣風に、なにやらの変化があったのかもしれない。

亥之助の剣は、もちろん高山八郎兵衛に及びはしなかったが、江戸屋敷のうちでは随一であったようだ。

ひと月ちょっとがたった、十月も終わり、再び亥之助の元に深津家老がやってきて、いきなりこう言った。

——そなた。我が殿にお仕えする気はないか。

——え！

耳を疑った。

思いもせぬ誘いだった。

(家を再興できる)

真っ先に、それが浮かび、じわりと喜びが広がった。

——ま、まことでございますか。

——もちろん、冗談でこんなことは言えぬ。たとえば知行高だが、そなたに望みはあるか。

——望みなどとは、おこがましゅうござるが、我が家は三百石の家でございました。

——ふむ、三百石か。

——いえ、新参者ゆえ、そう高望みはいたしませぬ。

——遠慮をいたすな。どうだ。五百石で。

——ま、まことのことで……。

目が丸くなる思いであった。

——と、いうてもな。いきなり、というわけにはいかぬ。まずは、この深津の郎党となって、機密の任務を遂行してもらわねばならぬ。それを成し遂げた暁には、五百石での仕官を約束しよう。

――機密の……任務……。

――さよう。このことはな……。殿さまにおかれても承知のことじゃ。というても、殿には国帰り中のこととて、わしを信じてもらうほかはない。

――いえ、疑ってなどは、ございませぬが。

――では、やってくれるか。

――して、機密の任務とは……。

――今すぐには申せぬ。そのうちに、おいおいと、な……。

――ははあ……。

――うむ。なにやら、すっきりとせぬようだな。

――いえ、決して……。

（まるで、鼻先に人参を吊り下げられた馬のような……）

そのときの亥之助の感想である。

――でな。いずれにしても、山路の名を通すわけにもいくまい。この際、名を変えたがよかろうと思うが。

（ま、それは道理だ）

と思う反面――。

（では、結局、山路の家名は、途絶えることになるのか）

どこか割り切れない思いが、せぬでもない。

亥之助の逡巡《しゅんじゅん》を読んだように、深津内蔵助は言った。

――なに、家名などというは、一種の幻よ。木下藤吉郎は天下を取って豊臣を名乗り、御神君また天下を取って、松平から徳川と名を変えた。つまりは家名など、後生大事なものではない。

（なるほど……）

詭弁《きべん》にしても、説得力はあった。

――かく言うわしとても、深津などとは、のちの名乗りよ。

――さようでございますか。

――うむ。ま、いつかは、そなたの耳にも入ろうほどに言うておくが、元もとが、わしは侍の子ではない。たまたま我が父御《てて ご》がご先代政勝さまの、お抱え力士であったという縁だ。ま、いわば成り上がり者よ。

思わぬ流露《りゅうろ》に亥之助は驚いた。

「はは……。我が本多家には、そのような家風があるのじゃ。それゆえな、家柄がどうの……。出自がどうの……といった、ややこしい筋合いにはとらわれぬ。要は、働き次第ということだ」

「ははあ」

いきなり五百石というのも、眉唾ではなさそうだな、と亥之助は思った。

つまりは、機密の任務、というのをやり遂げねばならないらしい……とも。

これは余談ながら、深津家というのは本多家において代代家老職を務める名家で、政勝の時代の家老の一人は、深津杢之助《もくのすけ》といった。

この杢之助に、先代政勝は寵愛していた内蔵助（当時は伊織《いおり》といった）を養子にするようにと命じたが、杢之助はこれを拒否をした。

そこで政勝は、伊織に深津の苗字と千石の知行を与えて家老に引き上げた。鬼内記《おにないき》とも呼ばれた、本多政勝の激しい性格を示すエピソードである。

さて――。

山路亥之助に、深津内蔵助が新たに与えた名は、熊鷲三太夫である。

内蔵助は言った。

――力士だった我が父は、四股名《しこな》を熊鷲、名を六太夫《ろくだゆう》というたのじゃ。その名をそっくりやるわけにはいかんが、以後、この名を使うように……。

障子に、人影がさした。

調度らしきものもない、がらんとした八畳間の中央に、うっそり座っていた亥之助は頭を上げた。

障子の向こうから、小坊主の声が聞こえた。

「昼餉《ひるげ》を、お持ちしました」

「ご苦労。入れ」

障子が開き、頭を青青とさせた、いつもの小坊主が食膳を運び込んだ。

「ぼうず」

呼びかけながら、空になった白鳥（徳利）に目をやったのち小粒を握らせた。

「はい」

小さくうなずき、小坊主は白鳥を抱えて部屋を出ていく。

小坊主の背ごしに、庭木と青い空が見えた。

その空を、ついと黒い影が切り裂いて過ぎた。

（燕《ツバクロ》か……？）

「あ、閉めずともよい。しばし庭でも眺めていよう」

亥之助の声に、小坊主は障子を開け放したままで姿を消した。

庭では花海棠《はなかいどう》の桃紅色の花が、今を盛りと咲き誇っている。

その低木の上を、再び滑るように燕が飛んだ。

（今年も、また戻ってきたか……）

そう思った次には――。

この俺に、戻るところはあるのか……。

無聊《ぶりょう》と寂寥《せきりょう》とが亥之助の胸に兆した。

3

その日も日暮れが近くなったころに、［六地蔵の久助］は花川戸《はなかわど》町まで戻ってきて、手下の兼七《かねしち》と幸作《こうさく》と別れた。

そのあと久助は、

「えい、どうにも埒《らち》が明かねえ」

小さく吐き捨てるように言ってから、［魚久《うおきゅう》］の通用口から入った。

［魚久］は、久助が女房のおさわにやらせている料理屋である。しっかり者のおさわが仕切る［魚久］は、女中のしつけにも厳しいし、料理がしっかりしていると評判で、贔屓客も多い。

なにより浅草寺の雷神門から大川のほうに出た、花川戸町の角店だから、昼間のうちから参詣客で、いつも賑わっている。

夜ともなれば、大店《おおだな》の主やら、ときには大身のお旗本までが客でくる、といった繁盛の料理屋だ。

「おまえさん、お帰り。ご苦労だったねえ」

ごった返している台所を抜け、内所で一服点《つ》けているところに、おさわが顔を覗かせた。

三十も半ば、おさわは腰も胸も張って、たいそうな貫禄である。

一方、久助はというと、これまた六尺（一八二チセン）を超える大男で、近所でも評判の鴛鴦《おしどり》夫婦であった。

「おう、帰ったぜ。ところでやっぱり、音沙汰はなかったかい」

「梨の礫《つぶて》だねえ。その顔色だと、おまえさんのほうも徒花《あだばな》かえ」

「きょうは、湯島から不忍池にかけて歩きまわったが、なんの実りもありゃしねえ」

煙管の雁首を、灰落としに打ちつけた。

「そりゃ、お疲れだったねえ。でも、五平《ごへい》に千吉《せんきち》は、まだ戻っていないからね。案外、吉報を持ち帰るかもしれないよ」

慰めるように言うおさわに、

「ありがとうよ。アテにしないで待ってらあ。それより、今宵も忙しそうじゃねえか。俺のことはいいから、帳場のほうに戻ってくんな」

「そうかい。じゃ、酒肴を運ばせようか。それとも飯にするかい」

「酒を頼もう」

「あいよ」

客前では決して使わないことばつきで、おさわは内所を出ていった。


七日前のことだ。

朝方に、［胴切長屋］に住む長次が息せき切らせてやってきた。

――なに、捨て子だと……？

――へえ、でも、もしかしたら人さらいにあったのかもしれねぇんで……。

事情を聞いたあと、とにかく久助は、長次の長屋に出向いた。

赤児を見分《けんぶん》し、その子を拾ったという落合勘兵衛という侍から、詳しく事情を聞いた。

(なるほど、ただの捨て子ではなさそうだ)

久助も、そう思った。

久助は、岡っ引きを勤めている。

といって、町奉行所のほうではない。

久助の住む花川戸も、雷神門前に広がる東仲町や西仲町あたりも、すべて浅草寺領であったから、寺社奉行の支配下にあった。

寺社奉行というのは定員が四人の月番制で、町奉行や勘定奉行のように旗本からではなく、大名のなかから選ばれる。

それゆえ、寺社奉行の手足となって働くのは大名の家臣たちで、そのあたりが町奉行所や勘定奉行所とは、大いに異なる。

たとえば、寺社領内でなにか事件が起こったとき、捜査や捕縛にあたるのは、寺社役付同心で、これが町奉行所の廻方同心と捕物役同心の役を兼ねたものであった。

この役につくのは、大名家のなかでも足軽級であったから、

(いや、いかにも頼りない……)

久助に言わせれば、そういう感想になる。

月番制のうえに、寺社奉行が替われば、そっくり入れ替わってしまうのだから、どうしてもそうなってしまう。

だからこそ――。

（お山のことは、この俺がしっかりと守らねばならねぇ）

常日ごろ、久助が口にすることばである。

お山とは、金竜山浅草寺を指している。

この久助の先祖というのは、小田原から流れてきた妻帯の破戒僧で、浅草寺三十六坊のひとつに住みついていた。

先にも触れたが、そのころすっかり荒れきっていた浅草寺は、徳川家康の祈禱所となったことから、たちまちに復興の嵐に巻き込まれる。

追われる僧や諸諸《もろもろ》の住人には、浅草寺周辺の土地と、境内や参道上に出店営業の特権が与えられた。

久助の親父は、それを恩に感じて菜飯《なめし》茶屋を営む一方、近隣の揉め事や喧嘩の仲裁に力を尽くし、参詣客を脅して金を巻き上げたり、懐を狙う掏摸《すり》にも睨みを利かしたから――。

いつしか、［六地蔵の親分］などと呼ばれるようになった。
その謂われは、久助の代で［魚久］に替わった、親父の菜飯屋の角のところに、古い六地蔵の石灯籠が立っているからである、
ものの本には――。

雷神門の外、花川戸町の入口角にある。ゆえに土人、このところの河岸をさして六地蔵河岸といへり。


と記されている。

そのような親父の背を見ながら育った久助だから、親父が隠居後は、そのあとを引き継いで、自らを金竜山の用心棒と心得、朝昼晩とぬかりなく境内や奥山、さらには周辺にも目を光らせている。

数年も前に――。

蓙蓙《ござ》賭博のいかさまに引っかかって、難儀していた長次を助けたことがある。

そんな縁だ。

――うむ。まあ、おいらが出しゃばる筋合いでもなさそうだが……。

赤児が捨てられていたのは武家地だし、まったく久助の縄張りからははずれている。

おまけに、そのすぐ近くには、久助とは大いに関わりがある寺社奉行、本多長門守忠利さまの御屋敷があった。

〈おいらの手には、負えそうもないぜ……〉

と断わることもできたのだが、なにせこの久助、ひとの難儀を見捨てておけない性格のうえに、

（こうして、今も、おいらを頼ってくれる……）

その長次の心持ちが嬉しい、と感じる血の熱さを持っていた。

それで――。

――まあ、まかしておきな。どのような事情があるにせよ、このようないたいけな赤児を、捨てるってぇのは堪忍できねぇ。

実のところ久助には、そのとき――。

（身許くらいは、すぐにわかろう）

という感触があった。

4

まるまると太った赤児は、生まれてまる一年にはなるまいが、その、すこやかな発育ぶりといい、絹の産着や、ご大層な綿入れといい、

(ほんの、数日前までは……)

裕福な家で、乳母日傘《おんばひがさ》で育てられていた、と見受けられる。

そして大きな手がかりはやはり、六尺ふんどしを使った、おしめである。

それはすでに、長次の女房のおたるの手によって取り替えられていたが、

——そりゃ、もうもう、ぐるぐる巻きの乱暴なものでございましたよ。

ということだから——。

(こりゃあ、まさに……)

身代金《みのしろきん》を目当ての食いつめ者が、

(隙を見て、引っさらったに、ちげぇねえ)

それが久助の推量《よみ》であった。

たちの悪い犯人《ホシ》なら、さらった赤児をすぐにも手をかけて、それから身代金を要求

することもある。

（それに、くらべりゃあ……）

それほどの、悪党とも思えない。

慣れない手つきで、おしめまで替えて、あげくに、どうにも手に負えなくなってきて武家屋敷の門前に捨てた、といったあたりではなかろうか。

（となると、犯人は女っ気のない独身《ひとりみ》の男……）

そう思えた。

いずれにせよ、赤児の身許を洗うのが先だ。

と久助は考えた。

赤児の身体を改めたら、右の胸乳のところに黒子《ほくろ》が二つ並んでいた。

これも、いい目印になる。

一日も早く赤児を、悲しみと不安に身を細らせているであろう両親の元に返してやりたい。

さっそくその日から、久助は手下を四人集めて、赤児の身につけていたものや、特徴を説明し、

――いいか。捨て場所に堀田原を選んだなんてのは、土地勘がある証拠だ。いずれ

近間に住むやつの仕業だろうが、今は、そんなことはどうでもいい。おっ母さんを探し出すのが肝要だ。

よもや貧乏長屋の子を引っさらってきて、それを金にしよう、などとは考えないだろうから、大店《おおだな》を中心に、近ごろ変事はなかったかを探れ。

と指示するとともに、

――あるいは、子をさらわれていても、騒ぎ立てれば無事には戻るまい、と考えて、番屋にも届けず金の要求を待っている、ということもあるだろう。だから、これこれの特徴の赤児が捨てられていて、それをこの久助が預かっている、とも触れてまわるんだ。

と、細かな指示も出しておいた。

さらわれた場所までは、見当がつかない。

だが、それほど遠方ではないはずだ。

まずは、神田川からこちらだろう、とは思うものの、やはり大店が多いのは神田川から先の、日本橋方面である。

そこで久助は、手下のうち兼七と幸作との三人で、地元の浅草近辺を、五平と千吉の二人には、柳原土堤より南をと、二つに分けて探索をはじめた。

ところが、どうにも引っかかってこない。

これまでに浅草から上野、下谷、外神田に湯島とまわってきたが、きょうもむなしく戻ってきた。

今が旬の、軽く炙った笹王餘魚《さささすご》（笹かれい）をむしりながら、久助は首を傾げる。

捨て子があって、それを久助が預かっている。

行く先ざきで、吹聴《ふいちょう》して歩いて、もう七日――。

（噂も、よほどに広がったはずだろうに……）

だが、きょうも、［魚久］には、なんの問い合わせもなかったようだ。

どうにも解《げ》せない。

昨夜のことだが、女房のおさわが、

――ねえ、おまえさん。もしも、もしもよ。その赤ん坊の親御さんが見つからなかったら、どうなさる。

珍しく、遠慮しぃしぃ、の感じで問いかけてきた。

――ばか言っちゃ、いけねえ。なにがなんでも見つけ出してやるぜ。

――そう、そうだよね。

それで、その話は打ち切られてしまったが、おさわがなにを言いたかったのかは、しっかりわかっていた。

待乳山聖天宮《まつちやましょうてんぐう》の麓地に、浅草名物のおよね饅頭を売る［鶴屋］という菓子店があって、そこの末娘であったおさわと世帯を持って、そろそろ十五年がたつ。

だが、どういうわけだか、子宝に恵まれない。

おさわは、いっそのこと、あの赤児を、うちの子にしよう、と言いたかったのだ。

それは、あの赤児を見るなり真っ先に、久助自身が考えたことでもあった。

だが、子をさらわれて悲しむ親の気持ちを考えれば、軽軽しく口にはできないことである。

（とことん力を尽くして……）

それでどうにもならないときに、初めて縁が生まれるのだ……。

ぬるめの燗酒を、喉に流し込みながら、久助は、そんなことを思っている。

やがて、手下の五平と千吉が戻ってきた。

「どうもいけません。きょうは銀町《しろがねちょう》土堤より先の石町《こくちょう》、本町あたりまで足を伸ばしやしたが、それらしい話には、いきあたりやせんでした」

兄貴分の五平が報告した。

銀町土堤というのは、明暦の大火後に築かれた防火土堤で、高さは二丈四尺（約七・三㍍）、土堤上には松の木を植え、銀町一丁目から大門通りの北のはずれまで、およそ六六〇間（約一・二㌔）にも及ぶ長土堤である。

「そうかい。いや、ご苦労だったな。いやさ、こちとらも、さっぱりだ。ま、一杯やってってくれ。おい、千吉、ちょいと台所のほうに言ってきな」

「へい。どうも、ごちにあいなりやす」

身軽く立って千吉が、酒と酒肴を頼みにいった。

五平が言う。

「ところで、きょうは石町のあたりが、えらく賑わっておりやしてね」

「ふむ、なにごとかあったのかい」

「いえ、ほら、例の阿蘭陀《おらんだ》宿に、長崎からカピタン一行が滞在中で、あすは公方《くぼう》さまにご拝謁らしゅうござんすよ」

「ふうん。今年はえらく遅かったじゃないか。いつもなら、桜の季節《ころ》じゃなかったかい」

年に一度、オランダ商館の館長一行が参府してきて、江戸での宿舎は石町三丁目の［長崎屋］と決まっている。

今年やってきたのは、第三十七代商館長のヨハネス・カンフフイスであったが、久助が言うように、例年より一ヶ月遅れの江戸到着であった。

久助たちは知らないが、これは落合勘兵衛の弟である藤次郎たちの活躍で、長崎奉行や長崎代官が関わる密貿易が明るみに出た。

それで、この新年に長崎代官の末次平蔵《すえつぐへいぞう》が捕らえられている。

そして先月には、松平《まつだいら》忠房《ただふさ》を幕府上使として四百名を超える役人が、事件解明のために長崎に発っていった。

「で、阿蘭陀人を一目見ようと、方方《ほうぼう》から見物人が集まっているのを幸いに、少し時間をかけて捨て子の話を広めておきやしたんすが……」

「そいつぁ、よく知恵がまわったな。うん、うまくいきゃあ、江戸の隅ずみにまで話が広まるかもしれねえな。いや、ご苦労ご苦労」

久助は五平をほめておいた。

やがて千吉も戻り、手すきの女中が酒肴と酒を運び込んできた。

「あすからも、引き続いて頼むぜ」

「へい」

「俺っちのほうは、さっきもつらつら考えてたんだが、つい北の方角に気を逸らしていた。まさかとは思うが、山谷《さんや》や今戸《いまど》のほうに足を運んでみようかと考えている」

「ちげぇねえ。あそこらは新吉原も近い繁華なところだ」

「鉄砲見世あたりの女郎に、お直し、お直しでスッカラカンになった野郎が、ついふらふらっと魔が差して、ってぇこともありましょうね」

口を挟んだ千吉に、

「おきゃあがれ。てめぇじゃ、あるまいし」

五平に言われて、千吉は首をすくめた。

鉄砲見世は、新吉原でも最下級の女郎を置くところだが、千吉自身、ついつい長居したあげくに一文無しになったことがある。

それで、浅草寺でひとの懐を狙ったところを久助にとっつかまり、それが縁で［魚久］の下働きをしながら、手下になったのである。

「ま、いずれにいたしましても」

旧悪をつつかれて、ことばつきまで改めて千吉が言った。

「今年は三社祭の年ではなくて、助かりました」

「そりゃそうだ。去年だったら、それどころではねぇわな」

久助も笑った。

浅草三社権現の祭礼は隔年で、丑卯己未酉亥の年の三月十七日にはじまり、十八日が本祭で船渡御《ふなとぎょ》もあって、大いに賑わう。

久助は、祭礼の世話役の一人だから、祭の年にはこのころ、それこそ猫の手も借りたいくらい多忙なのである。

5

さて翌、三月の十四日——。

［六地蔵の久助］は、兼七、幸作の手下とともに花川戸の北、山の宿《しゅく》とその河岸地をめぐり、おさわの実家である［鶴屋］にも立ち寄ったあと、待乳山《まっちやま》聖天の表門を入った。

きょうこそは、上首尾をと祈願のためである。

待乳山は、真土山とも書いて、万葉にも詠《うた》われる古い霊跡の小山で、古墳ではないかとの説もある。

それはともかく久助一行は、高い石段を上って、浅草寺の支院でもある本社にお詣りをし、念には念を入れて麓の池の中島にある、弁財天の祠《ほこら》にも手を合わせた。

そののち日本堤を左手に見ながら、山谷橋で山谷堀を越えた。

山谷の町は、ここから北に延びる。

元はといえば、浅草開発によって鳥越に住んでいた人びとが移された所だから、のちには新鳥越町と称する町だ。

当初は、寂しい町並みであったのが、浅草田圃に吉原の遊郭が移されてきて、にわかに活気づき、くだっては高級料亭のさきがけとなる［八百善《やおぜん》］が誕生した町でもある。

その山谷の町も、はずれまでやってきて、

「どうも、いけねえな」

せっかく聖天宮にお詣りをしてきたが、御利益《ごりやく》はなさそうだ、と久助は感じた。

先には標芽原《しめじがはら》が広がり、さらに先は小塚原の刑場であった。

(さて、どうしたものか……)

周囲は寺ばかりで、もう、めぼしい町はない。

「橋場のほうに、出てみやすかね」

と、幸作。

「そうだなあ」

道を東にとれば大川端の橋場で、そこからは対岸の寺島村への渡しがあった。寺島村の鎮守が白髭《しらひげ》大明神を勧請《かんじょう》していたから、〈白髭の渡し〉などとも呼ばれている。

のちには橋場や南の今戸付近は、料亭や寮（別荘）が建ち並ぶ閑静な町が開かれるのだが、このころ――。

まだ橋場は、ちょこちょこっと茶屋や、小商人《こあきんど》の店があるくらいのところで、行くだけ無駄だと、久助は見切りをつけた。

「そろそろ昼どきも近い、一旦は戻って、昼飯でも食いながら、あとのことを考えよう」

むなしく引き返すことにした。

そうして山谷の町を、半分がとこ引き返したところに――。

「おやあ、なんだか、人通りが増えてきたようですぜ」

「ほんとだ。あれま、女性《おなご》たちも混じってやすよ」

兼七と幸作が話す。

土地《ところ》の女は別としても、山谷は新吉原の客たちで賑わうところだから、男客以外には、あまり用のない町だった。

「そうか。きょうは念仏院の練《ね》り供養《くよう》の日でさあ」

兼七が言った。

正式には二十五菩薩《ぼさつ》来迎会《らいごうえ》といって、この日、當麻山曼荼羅寺《たいまざんまんだらじ》念仏院においては、本堂前に渡り廊下を組んで、二十五の菩薩の仮面をかぶった浄土宗信者たちが、太鼓や音曲の音に合わせて練り歩く。

これ、平安時代から続く芸能であった。

なるほど、次つぎと湧いて出る人出が、山谷の町を東に折れていく方向は、まさしく念仏院への道筋であった。

そんな人出とすれ違いながら、久助たちが山谷堀に近づいたころ――。

「ま、六地蔵の親分」

女の声がかかった。

見ると、東本願寺の門前で［石勝《いしかつ》］という石仏《せきぶつ》屋を営む勝次郎《かつじろう》夫婦であった。声をかけてきた女房のほうは、たしかおせきとかいった。

数年も前になるが、［石勝］では注文の地蔵菩薩を彫り上げ大八車に積み込んで、ちょっと目を離した隙に、これを大八車ごと盗まれてしまった。

久助は、おせきに泣きつかれて、無事に取り返したことがある。

以来、盆暮れには、なにがしかの品を届けてくる。

「こりゃ、ご夫婦お揃いで、はて、きょうは迎え講のご見物ですかい」

久助が如才なく言うと、おせきは、

「いえね。観音講に入っておりますのさ。それで、うちの人が、きょうは観音さまになりますのさ」

「それは、それは……」

笑った先で、亭主の勝次郎は、照れくさそうに頭へ手をやった。

そんな亭主を横目に、

「それより、親分。なんですか、今は捨て子の親をお探しとか」

と、おせき。

「はい、はい」

なるほど、十分に噂は広がっている。

そう実感しながら、久助はうなずいた。

「で、もう」

「いや、なかなか」

「そうですか。捨て子があったのは、たしか、今月の七日と聞きましたが」

「はい。その日の朝のうちでしたよ」

「ふうん……」

小首を傾げた、おせきの様子に、久助は言った。

「なにか気づかれたことがあれば、どんなことでもかまわねぇ」

「はあ、実は、ちょっと気になる話を聞いたものでね。でも、なんだかちがうような気もするし、かえって迷惑になってもいけないものだから、親分に知らせたものかどうか、思案してたんですよう」

「とんでもねえ。遠慮なさらず、耳に入れてくださいよ」

「そうですかあ。実はちょっと小耳に挟んだんだけど、いつも抹香橋袂に荷足舟《にたりぶね》をつけている、安五郎《やすごろう》という舟持ち船頭がいるんですよう」

「うん」

「いえね。うちの職人に虎吉《とらきち》というのがおりまして、これが天台竜宝寺の門前の長屋に住んでいるんだが、七日の朝は生あくびばっかりで、うちの人に怒鳴られたんだよ。すると、実は昨晩は、隣りで赤児がうるさく泣くもんだから、よく寝つけなかったって言ってたのを思い出したんですよ」

「もしや、その隣りってのが安五郎の宿《やさ》かい」

天台竜宝寺といえば、まさに裏手が堀田原である。

おそらくは久助の目の色も変わっていたのだろう。

おせきが右手で、たっぷり重そうな胸元を押さえ込みながらうなずいたのを、勝次郎が引き取った。

「その安五郎というのは、請負《うけおい》船頭で、俺の店でもときどき荷を頼むんで知ってるんだが、独り者だから赤児がいるはずがない。なにか、よんどころない事情で、親類の赤児でも預かっていたんじゃあねえか、と思っていたんだが、ついきのうになって、こいつが親分の噂を耳にしましてね。もしかして……なんて言いだすもんでね。でも、安五郎っていうのは、なかなかの働き者で、悪さなんかするやつじゃねぇんで……。はい」

「うん。事情はわかった。心配することはねえよ。あとあとのこともあろうから、おまえさんがたから聞いたなんて、口にはしねぇから安心しな。それにしても、ありがとうよ。よく教えてくれたなぁ」

内心では、こりゃ、やっぱり聖天さまの御利益か、いや、ひょっとして観音さまの御利益かもしれぬな、などと思っている久助であった。

そのころ——。

山谷堀から遠く離れた、深川の地で、女の死体が見つかっていた。

一心寺《いっしんじ》の殺人

1

川向こうの本所《ほんじょ》は、このころ本庄という地名であった。

江戸幕府が本庄と深川の開発に乗り出したのが万治《まんじ》二年（一六五九）のことで、時代は、それから二十年とはたってはいない。

「急げ、辰《たつ》」

午前の見まわりから、竪川《たてかわ》に架かる二ッ目之橋、北岸に近い住居に戻ったところ、本庄奉行同心の小者が待ち受けていた。

小者の話を聞くなり、「瓜《うり》の仁助《にすけ》」は、手下の辰蔵《たつぞう》とともに走りだした。

「でも親分、ここらに一心寺なんて寺がありやしたかね」

「いや、深川のことだから、おいらも詳しくはねェが、うなぎ沢のよう、高橋《たかばし》の東のほうにあるらしいぜ」

「じゃあ、二十間通りを、どーんと行けば早うござんすね」

「そういうこった」

二ッ目之橋を、二人して駆け上がる。

ちなみに〈うなぎ沢〉とは小名木川《おなぎがわ》のことである。

「でも、深川となると……。また、ひっこみ町の彦蔵《ひこぞう》が、角《つの》突き出すんじゃあ、ありやせんか」

「かまうこたぁねえや。こちとら、桑田《くわた》さまじきじきのお指図だい」

本庄と深川に確たる境界があるわけではないが、新たに開削された竪川付近が南本庄の端っこで、そこから南が、以前は下総国の深川村であった。

その深川では、元は漁師だったという彦蔵が、ひっこみ町という袋小路の奥に住みついて、顔役になっている。

仁助は、本庄界隈を縄張りにする岡っ引きで、本庄奉行所同心の桑田又左衛門《またざえもん》から手札をもらっていた。

といっても、まだ一年と少し、目明かしとしては駆け出しだ。

仁助の年は二十二歳ということになっているが、実のところ、本人にも実際の年齢はわからない。

物心ついたころには、甚太《じんた》という親方に養われて、〈和尚今日《おしょうきょう》〉という物乞いで稼がされていた。

やがて香具師《やし》に育った仁助だが、腕と度胸でのし上がり、いつしか回向院界隈で稼ぐ香具師たちの小頭《こがしら》にまで、なっていた。

［瓜の仁助］の異名の瓜は、実は喧嘩売《けんかばい》の売りなのである、
ところで、先ほども少し触れたが、開発途中の本庄、深川は、まだ江戸であって江戸ではない。

昔どおりに代官支配が続いているが、町政については、本庄奉行の管轄なのである。

仁助と辰蔵は、本庄二ッ目の通り、とも呼ばれる二十間通りを南に駆け抜けた。

やがて高橋に出る。

このあたり、すぐに水が出て橋が流される。さらには大型帆船の通行も考え、両岸を虹で繋いだような、見上げるばかりに高い橋が、強固な高土台の上に架けられていた。

その高橋の向こう岸を、ちらりと仁助は見やった。

彦蔵の住む、ひっこみ町は目と鼻の先だ。

きつい嫌《いや》みが待ち受けているだろう。

（いずれは、決着をつけねばならねぇだろうな）

にがい気持ちを胸にしまい込みながら仁助は、川沿いに上流へと急ぐ。

その方向にある一心寺で、女の死体が見つかった、というのだ。

「あ、親分。あれじゃないですか」

武家屋敷の裏塀が続く行く手に、野次馬が群がっている。

「そうらしい」

「入ってはならぬ」

駆けつけた二人を、菖蒲《しょうぶ》革《がわ》の袴の男が、六尺棒を横にして押しとどめた。

見るに、傍らには黒羽織の役人らしき男もいるが、仁助には見知らぬ顔だった。

「本庄奉行所同心の桑田さまから手札を戴いておりやす、仁助と申す者でござんすが、そちらさまは」

「それなら通れ。川口御番所の者だ」

黒羽織の役人が顎をしゃくると、番人が六尺棒を下ろした。

黒羽織には、右二つ巴《ともえ》の家紋がある。

万年橋袂の川口御番所は、房総へ往来する舟を監視する任務で、関東郡代の伊奈半《いなはん》十郎《じゅうろう》が受け持っている。

右二つ巴は、伊奈家の家紋だった。

「へい、ごめんなすって」

言った仁助だが、先には細ぼそと草深い道が一町（一〇〇メートル）ばかり続き、先の山門も破損が目立っている。

振り返って尋ねた。

「もしかして、こちらは破《や》れ寺で？」

「そのようだな。このあたり、無住になった古寺がいくつか残っておるようだ」

「なるほど。で、女の死骸って聞きやしたが、いってぇ、誰が見つけなすったんで」

「耳にしたところでは、六間堀に生《い》け簀《す》屋敷があろう」

「へえ。川魚や蛤や牡蛎《かき》なんかを、生け簀で育てているところでござんすね」

「そうそう。日本橋の魚問屋、［鯉屋］の屋敷で、そこの雇われ漁師の娘が見つけたらしい」

「へええ。しかし、漁師の娘が、なんでまた、こんな破れ寺へ？」

「娘というても、まだ十歳の子供らしい。母親に言われての。苺《いちご》をとりに入ったそうな。なんでも、寺裏に、よく熟《な》る苺の木があるそうでな」

「ははん。そういうことで……。いや、ありがとうございました」

さっそくにあらましの事情を集めてから、仁助は山門に向かった。

このころは現代とちがい、苺とは木苺《きいちご》をさしている。

なお余談ではあるが、この［鯉屋］藤左衛門《とうざえもん》（杉風《さんぷう》）の生け簀屋敷内に、松尾芭《まつおば》蕉《しょう》が庵《いおり》（芭蕉庵）を構えるのが、これより四年後のことである。

2

寺の境内の鐘楼前に、小さな人の輪ができている。

鐘楼には、肝心の鐘が見当たらない。

人山のなかに、石田喜右衛門《いしだきえもん》の姿があった。袂で口元を覆っている。

深川を担当する、本庄奉行所の同心であった。

「おう、きたか」

仁助に気づき、手招きをした。

「遅くなりやして……」

言いながら、仁助はちらりと人溜まりの面体を確かめている。

見知った顔は、今月が月番の本庄奉行、曽根源左衛門《そねげんざえもん》の家来衆くらいだった。

「彦蔵の野郎は……？」

仁助は小声で尋ねた。

本来なら、ひっこみ町の彦蔵の縄張りにあたるから、少少の悶着は覚悟のうえだった。

「おう、あやつは……」

石田が、少し眉をひそめた。

「近ごろ、悪い噂しか聞こえてこない。そうとう阿漕《あこぎ》なこともやっているらしい。去年の冬の売比丘尼《うりびくに》殺しにしても、あやつは、なにも働かなかったようだしな」

「それを言われますと、面目次第もございません」

仁助は、頭を下げた。

昨年の十一月に越中島の石置き場で、売比丘尼の刺殺体が発見された。

仁助は下手人らしき主従と、その住居までを突き止めながら、ついにお縄にすることができなかったのだ。

「いや、あれは、万《ばん》やむを得ないことだ」

石田が、さらににがにがしい顔つきになったのは、ほかでもない。

仁助が突き止めた住居の線から、下手人は大和郡山藩分藩に関わる人物であろう、とまでは推定できたものの、大名家ゆえに、それ以上の深入りができなかったためである。

「もはや、彦蔵などアテにはできぬ。それゆえ、桑田うじに頼んで、おまえにきてもらったのだ」

「さようで……。で？」

「うむ。寺の裏だ。案内させるが、少し匂うぞ」

「ということは……」

「見たところ、十七、八の娘だな。首には、しごきが巻きついたままだった。おもちゃにされたあとで、そいつで首を絞められたようだな。十日とはたっておるまい、と思うが……」

腐敗がはじまっているらしい。石田が、袂で口を覆っていたのは、そのためだ。

「身許は、知れましたので？」

石田は首を振った。

「着物や帯は、なかなか、しっかりしたものだ。ここらの漁師の家の者が着るものではない」

「とりあえず、見させていただきやす」

「うむ。おい、孫助《まごすけ》、与八郎《よはちろう》」

「へい。こちらでございますよ」

二人の小者が、先立ちをした。

敷地が広い割には、小さな本堂であった。

急斜面の丘を背にして立つ本堂は、よほどに古びている。

「十年ばかり前までは、住職もいたそうですが……」

本堂脇を、丘のほうへ進みながら孫助が言う。

「品川のほうに、引っ越していったと深川の家の手代が話していました」

深川の家とは、昔にこの地を開発した深川村の名主であろう。

本堂裏は、意外に広い野原になっていて、それが丘の麓まで続いている。

すでに戸板が運び込まれていて、人足が四人、風上のほうで煙草をくゆらせていた。

死体の身許をはっきりさせるため、あとしばらくは遺体を近くの寺で預ってもらう段取りになっている。

なるほど、匂う。

「あれかい」

原の端、樹木が茂る麓地のあたりに横たわっている娘の姿が認められた。

「へい。気をつけて、お調べを。一応、取り除いてはおきましたが、死骸は漆《うるし》の枝葉で隠されていましたんで」

「ほう」

近づいていって、

「こいつぁ……」

ひでぇことをしやがる。

と仁助は、ことばを飲み込んだ。

着物の裾こそ直されているが、胸元は大きくはだけられ、帯はゆるんでいる。

ぐずぐずに崩れた髷《まげ》は、元は島田のようだが、櫛《くし》や笄《こうがい》もない。持ち去られたのか。

黒髪以外に残されたのは元結《もとゆい》だけだが、これが微妙な色合いだ。

もっとも風雨のせいで、変色したのかもしれない。

(おや……)

仁助の目が光った。

髪を結うとき、髻《もとどり》を束ねるのに使うのが元結紐で、昔は麻紐なんかを使ったらしいが、近ごろでは紙縒《こよ》りのものがほとんどだ。

しかし……。

（こりゃあ、そんじょそこらの元結《もっとい》では、なさそうだぜ）

仁助は思った。

（詳しくは、のちほど、じっくり調べることにして……）

さらに検分《けんぶん》を進めた。

散った黒髪の上手のほうに、桃色のしごきが丸めて置かれている。縮緬《ちりめん》の手綱《たづな》染めと思われる。

石田の話では、これが首に巻きついていたそうな。

死骸の脇には、若葉をつけた漆の枝が大量に散らばっていた。

抵抗する娘を、むりやりに犯したあと、娘がしていたしごきで首を絞めて殺した……。

「あれか……」

背帯に隠し差しにしていた十手で、仁助は麓地に生える樹木を指した。

「へえ。まちがいなく漆の木のようで」

手下の辰蔵がうなずいた。

漆の木は何本かあった。

「着物の裾を、いじられたので……？」

孫助に確かめると、

「へい。なにしろ……その……、丸出しでございましたからね」

とのことだ。

（すると……）

欲情を遂げたあとは、その手で絞め殺し、手近にあった葉がついた枝をへし折って、死体にかぶせた、ということになる。

（問題は……）

それが漆の木と知ってのことか、どうかだな、と仁助は思った。

それから仁助は、仏の前に片膝ついて、両手を合わせて拝んだあと、

（せっかく、裾直しをしてもらったのに、すまねえな）

心に小さく詫びてから、

「おい、辰」

「へい」

「帯も着物も、ひん剝くぞ。手伝え」

「へ……」

辰蔵が怯《おび》えたような表情になるのを、

「馬鹿野郎、身許を知るためだ。肌着に縫い取りを入れたり、名を記したりは、おめえだって、やるだろうが」

身許を明かす手がかりをつかまねば、どうにも前には進めない。

どっちにしても、死に装束に着替えさせねばならないのだ。

「下手をすれば、漆にかぶれるぞ。気をつけてやれ」

二人は、屍臭《ししゅう》に耐えながら、黙黙と作業を続けた。

帯は表が黒繻子《くろしゅす》、裏は紫《むらさき》縮緬の纐纈《こうけち》という鯨帯《くじらおび》で、衣服は茶に黒の牛蒡縞《ごぼうじま》、というふうに、細かく観察をしながら、小半刻ものち——。

青白い肌を木漏れ日にさらしながら、娘は丸裸になっていた。

着衣のほかに、持ち物らしいものは見つからない。

襦袢にも、湯文字にも、身許を示す印はなかった。

(妙だな……)

履き物がない。

遺骸は裸足《はだし》だが、足裏は、さほどに汚れてはいなかった。

「辰、下駄か草履かわからねェが、ここまで裸足できたとは思えねぇ、どっかに転がっていねぇかい」

「そりゃあ、文字どおり、かつがれてきたんじゃねえんで……」

辰蔵が言った。

女を強姦したり、拐《かどわ》かすことを、かつぐというのだ。

ちなみに十五歳未満の幼女を犯せば遠島、それ以上の娘ならば重追放と、現代とはけた違いに罪が軽かった時代のことである。

「馬鹿野郎、四の五のぬかさず探してきやがれ」

癇性を立てた仁助に、

「へい」

辰蔵が、奉行所の小者二人と一緒に探しはじめたのをよそに、仁助は、もう一度、子細に娘の身体を点検しはじめた。

（ふむ……）

両手首に、かすかな傷跡があった。

（縛られたか……）

脳裏に、猿ぐつわを嚙まされ、後ろ手に縛られた娘の姿を描いた。

（するてぇと……）
この破れ寺は、小名木川から近い。
（おそらくは、舟で運ばれて……）
河岸につけたあと、まさに娘を引っかついで、ここへ運んだか。
ならば、履き物がなくとも説明がつく。
（それにしても……）
通りがかりの娘を、強姦目的で連れ込んだのではない。
わざわざ拐かしてきて……。
ということになる。
ただの殺しじゃなさそうだな。
そんな気がする。
（船が漕げて……）
この一心寺が、無住の寺と知っていた……。
いろんな考えを脳裏にめぐらせながら、再び衣類の点検に戻った。
（おや）
縞木綿の袂に、なにかあるのに気づいた。

取り出す。

丸めた紙だ。

広げると、うす緑色の紙に、大黒《だいこく》の図柄と〈いなかおこし〉の文字が、墨刷りされていた。

「ふむ……」

思わず声が出た。

菓子の包み紙だった。

菓子店によって、多少のちがいはあるが、もち米や粟《あわ》を蒸して乾かし、炒りつけたのちに、水飴や砂糖の蜜を加熱して掛けて混ぜる。それを湿らせた木枠に薄く延ばし、切り分けて冷まし、板状に固めた菓子が、おこしだ。

おそらくは、殺された娘がおやつに食べて、包み紙は丸めて袂に入れたのだろう。

大きな手がかりだった。

（大黒……）

仁助は、改めて、包み紙を見つめた。

そのころ——。

江戸・日本橋北の〈とうかん堀〉に沿って、一人の武士が南に下っていた。名を関口弥太郎《せきぐちやたろう》という。

大老、酒井雅楽守《うたのかみ》忠清の中屋敷西堀を〈とうかん堀〉と呼ぶのは、この堀の北に明星《みようじよう》稲荷があるためだ。

それで稲荷《とうか》堀と呼ばれていたのが、いつしか、こうなった。

関口は、やがて小網町三丁目の行徳《ぎようとく》河岸に出た。

大川に繋がる箱崎川の河岸に並ぶ柳が、小綿のような柳絮《りゆうじよ》を川風に舞わせている。

それを小虫とまちがえてか、さかんに燕が飛び交っていた。

折しも河岸には行徳船《ぎようとくぶね》が着岸している。

関口はこれに乗船した。

行徳船は、乗客定員二十四名、船頭一人の貨客船である。

江戸と、下総《しもうさ》国の行徳の船場まで三里八丁（一二・六キロ）を結ぶのだ。

元は、行徳の塩を江戸まで運んだこの船も、今では五十三隻に増え、それが夜明けから日暮れまで、小網町から本行徳の間を往復している。

乗船客のほとんどは、大きな風呂敷包みを背負った商人のようである。
関口弥太郎は、舳先近くに席を取り、霊岸島とを結ぶ崩橋《くずればし》を見上げた。
向かう行徳には塩浜があって、『江戸名所図会』にも——。

3

海浜十八ヶ村にわたれりといふ。風光幽趣あり。土人いわく、この塩浜の権輿《けんよ》はもっとも久しく、そのはじめを知らずといへり。

というくらい昔から、塩造りのおこなわれる地であった。
関口は、その行徳へは、初めてである。
この日、うららと陽光の満ちる、絶好の旅日和であった。
だが、関口弥太郎にとっては、あまり、気乗りのしない船旅である。
(なにしろ……)
あの、熊鷲三太夫という、もうひとつ得体の知れない、薄気味の悪い男の元を、これから訪ね――。

（引きずってでも……）

この江戸に、連れ戻らねばならない。

そのことを思うと、やはり気が重い。

（あのような者を……）

殿は、なにゆえに信を置くのか――。

関口には、そこが納得がいかない。

関口は、大和郡山藩分藩の江戸家老、深津内蔵助の用人であった。

先月のこと――。

熊鷲三太夫が手下に使っている条吉が、熊鷲の書状を届けてきた。

その熊鷲は昨年の十一月の半ばから、ぷつりと消息を絶って行方知れずになっていた。

（いったい、なにを考えているのやら……）

熊鷲が、そのように踪跡《そうせき》をくらませたのは、それが初めてではない。

これまでにも、何度もあった。

（いずれ辺境の地で、くたばったか……）

と思いはじめたころになって、何食わぬ顔で、ひょっこり現われるのである。

そのうえ、その間、どこでなにをしていたとも、納得のいく説明すらない。

――しかるべく、工作に励んでおった次第……。

としか答えぬ。

関口にしてみれば――。

(こやつ。ただ、金だけをせしめて、実のところ、なんにもしておらぬのではないか)

とも思うのだが、深津内蔵助のほうは、

――よいよい。金なら、欲しいと言うだけ出してやれ。

――はあ……。

返事も湿る。

なにしろ――。

この熊鷲三太夫、これまで成果らしい成果をあげていない。

国帰り途中の本多政長の、大名道中を襲撃するなどと、大それた計画を立てたりもしたが、結局のところは未遂に終わっている。

だが深津は、

――あの肩の刀傷を見たであろう。あやつはあやつで、命がけで働いておるのだ。

と、いうことになる。

さて条吉が届けてきた書状を一読し、深津は言った。

――条吉とやらを、あの［よしのや］にな。

――深川の……。

――うむ。連中にも引き合わせてやれ。

――それで、肝心の熊鷲どのは？

――ふむ。行徳へ移るそうだが、東小松川村あたりに潜んでおったらしい。

――なんと……。原田さまを追ったのではなかったのですか。

――思わぬ邪魔が入ったようだ。邪魔というのが、越前大野の家中で、落合勘兵衛という者だそうな。

――ははあ、以前の……。

関口とて、熊鷲が深津の家来になったいきさつくらいは知っている。

――その者の所在を、条吉に探らせるそうだ。どうしても、決着をつけねばならぬらしゅうてな。

――では、原田さまのほうは、どうなりましたので……。

原田というのは、江戸屋敷の奏者役であったが、深津の密命で昨年長崎に向かい、猛毒である芫青《げんせい》や阿片とかいう密輸の品を、極秘に江戸まで運んできた者であった。

そして、任務を終えるなり致仕《ちし》を申し出た。

そのとき深津は——。

——万一ということもある。原田の口を塞いでおいたほうがよいかもしれぬな。

なにしろ、事《こと》は秘中の秘であった。

それで、熊鷲に暗殺を命じておいたのである。

——原田なら、国許に戻ったのちに妻子を連れて城下を離れ、今は河内の古市《ふるいち》で俳諧の宗匠になっておるそうな。もう心配はいらぬよ。

——は……、いや、さようで……。

我が主人ながら、深津内蔵助は、なにごとにおいても秘密主義で、用人の関口に対してさえ、最低限のことしか言わない。

その後の原田の消息も、初耳であったのだ。

深川の、［よしのや］の寮のことにしてもそうだ。

下平右衛門町にある船宿［よしのや］には、藩の御用船を預けていた。

そのような縁から、しばらくの間、深川にある［よしのや］の寮を借りてこい、と命じられたが、その理由までは教えられていない。

寮を借りたあとは、食いつめ浪人を五、六人ばかり集めて、その寮に住まわせろと言われた。

――ただし、家の名は出すな。

――と言われましても、どのような仕事をさせますので？

――いずれ働きどころもあろうほどに……くらいは言うて、当分は、ごろ、ごろ、ごろさせておけ。

まるで、つかみ所がない。

もっとも、関口にも耳はあるから、あるいは……との推量はついている。

昨年の冬に、故郷の大和郡山で変事が起きたらしい。

城下を離れた郊外に、政利侯の側女《そばめ》が住む館があった。〈榧《かや》の屋形〉と呼ばれているそうな。

その館が、夜襲を受けたという。

大和郡山を二分した例の九六騒動――。

すでに幕府による裁定は下ったが、本多政利は、まだあきらめてはいない。

一方の本多政長を暗殺して、大和郡山十五万石を、まるまるを手に入れるつもりだ。

その暗殺計画を、実際に指揮しているのが、ほかならぬ深津内蔵助であった。

ふだんは肚《はら》の内を見せない深津だが、この計画に関するかぎりは、関口に対して熱弁をふるったものだ。

——考えても見よ。人は嫡庶の順を侵したなどと我が殿をそしるが、そもそも長幼の序やら、なんやらを、おそれながら将軍さまが押しつけはじめたのは、ここしばらくのことじゃ。

三代将軍の座を兄弟で争いはじめたとき、家康は二代将軍秀忠の長男である家光を指名して、弟の忠長を退けた。

以来、にわかに儒教を偏重しはじめて、大名統制の基本法とも呼ぶべき『武家諸法度《ぶけしょはっと》』は、新将軍が出るたびに改訂されていく。

直系の長男が家を継ぐべき、としたのは、今後に跡目争いが起こらぬようにとの、平和維持装置であった。

それは、とりもなおさず、徳川の天下を維持させるための思想教育でもある。

——しかし本来の武家とは、切り取り自由、下剋上《げこくじょう》もある、といった力次第のものであるはず。あの軟弱な政長などに、嫡流というだけで……。

滔滔《とうとう》と持論を述べて、政利の野心を正当化したのである。

それゆえに、怖じ気づくことはない、と言いたかったらしい。

さて、夜襲を受けた〈榧の屋形〉は、そんな深津が組織した、政長侯暗殺団の隠れ家ともなっていた。

それに気づいた、政長の家臣たちによる夜襲であったろう。

これによって暗殺団は、全滅した模様だ。

もちろん、あの気性の激しい政利侯のことだから、烈火のごとくに怒って、近ごろ大和郡山の城下に、血の抗争が絶えないという。

――これが幕閣の耳にでも届けば……。

御三家の徳川光国、さらには大老の酒井忠清と、政利には心強い後ろ盾があるとはいうものの、

――益するところ、ひとつとてない……。

深津家老は、連日のように大名飛脚を飛ばして政利の慰撫に努《つと》め、同時にこの江戸に、新たな暗殺団を組織しようとしているのだろう。

そうして集めた食いつめ浪人たちだが、今のところは、ただの烏合《うごう》の衆だ。

――関口……。

昨夜のこと、深津は言った。

——そろそろ、熊鷲に戻ってきてもらわねばならぬ。

——さようで……。

——そうよ。来月になれば、殿も江戸に戻ってまいられる。深川の寮の連中を、それらしく仕立てておかねばなるまいて。

どうやら熊鷲を、その頭領に据えるつもりらしい。

関口を乗せた行徳船は、河岸を離れた。

その熊鷲は本行徳の、徳願寺という浄土宗の寺に滞在しているという。

（はて、どのような手蔓で……）

熊鷲は、そのようなところにもぐり込んだのであろう。

関口にとっては、自分が仕える深津家老にしても、熊鷲にしても、いっこうに腹の底が知れないのであった。

4

海巌山《かいがんざん》徳願寺のことを、〈本行徳の駅中一丁目の横小路、船橋間道の左側にあり〉と、『江戸名所図会』は記している。

熊鷲こと山路亥之助はきょうも、その寺の一室で白鳥《はくちょう》を傾け湯呑みを満たし、口に運んでは舐めるようにゆっくりと飲んでいた。

亥之助が深津の若党となったのち、剣術の腕前だけは、めきめきと上がった。

それは――。

ある日、深津が言った。

――熊鷲、そのほう、柴任三左衛門《しばとうさんざえもん》という名を聞いたことがあるか。

――柴任……、あの、二天一流を継ぐ武芸者のことでございますか。

――さよう。

知るも、知らぬもなかった。

剣聖とも呼ばれた宮本武蔵《みやもとむさし》が没して、はや三十年近くになるが、柴任三左衛門は、『五輪書《ごりんのしょ》』を相伝された、二天一流の正統の後継者として、あまりに名高い。

――で、どうじゃ。そのほう、柴任に剣を学んでみぬか。

――ま、まことでございますか。

耳を疑った。

亥之助は知らなかったが、柴任三左衛門は、先代の本多政勝に四百石で招聘されて、この本多家に仕えているという。

師の武蔵も、姫路時代の本多家に仕えていたから、そんな縁であったろう。

——向島の須崎村というところに、わしの抱え地があっての。いま柴任先生には、そこに住んでもらっている。

それから亥之助は、柴任先生と数ヶ月起居を共にして、剣の腕を大いに上げたのである。

思えば、深津家老の若党になってより三年——。

佳《よ》きことといえば、その一点に尽きようか。

（いや……）

それがよかったのか、悪かったのか、いずれともわからぬ。

我が剣技の上達と、自負がなければ、その後の修羅道に入り込むことは、なかったかもしれない。

つくづくと、そんなことも思い、今、亥之助の脳裏に浮かんでいるのは、春田久蔵の顔である。

三年前、面谷銅山において、目付衆との闘争をからくも脱し、山中で別れた、小泉家老の若党の、あの春田である。

（春田……、いったい、おまえ、どうした……）

実は春田とは、その後に再びの出会いがあった。

というより、亥之助が春田を呼び寄せたのである。

予想だにしなかった展開が、その後の亥之助を待ち受けていた。

本多政長が国帰りの途次、大名行列を二つに分けて熱海に湯治に立ち寄るという情報を得た亥之助は、根府川《ねぶかわ》通りの長坂において、弓鉄砲でこれを襲撃する計画を進めていた。

だが、どこでどう漏れたものか、一味は小田原藩の捕吏の手に落ち、亥之助一人が逃げおおせる僥倖《ぎようこう》を得た。

その後は、深津の指示により、大和郡山郊外の〈榧の屋形〉に身をひそめた。

そんな折に、思わぬ書状が届いたのである。

書状は、国家老であった小泉権大夫の一子、長蔵からであった。

故郷の山里に逼塞している母に、亥之助はひそかに居場所を知らせておいた。

それゆえ、これをしたためるとの前置きの書状には、容易ならざることが綴られていた。

まずは、長蔵の父の権大夫は、隠居と閉門五十日の沙汰を受けたが、日ならずして毒殺されたこと。

その謀事《はかりごと》は、まずは新たに国家老となった斉藤利正、大目付に昇進した塩川益右衛門、さらには奏者番の伊波仙右衛門《いなみせんえもん》、この三人の結託によるものだと断じている。

さらには亥之助の父、山路帯刀が斬殺されたのも、この三人の謀略に相違なく、共通の父の仇《かたき》なり、とある。

伊波仙右衛門までもとは気づかなかったが、元より亥之助も、同様のことを考えていた。

書状は続く。

此度《こたび》、若殿付きの家老に決まり、江戸・高輪の下屋敷に赴任することになった。

ついては、大殿の直良侯も高齢ゆえ、いずれは若君の直明君《なおあきらぎみ》が藩主になる日がくるであろうが、そのときには新旧の重役の交替があって、晴れて自分が国家老の座につくであろうこと。

しかしながら、先の三人が必ずや行く手を阻むであろう。

書状の論旨は、ひとつひとつが腑に落ちる。

要は、いずれ小泉長蔵が国家老という権力の座に着いたとき、必ずや山路家の再興に力を貸すゆえに、邪魔者となろう三人を前もって排除（暗殺）しておきたい、との内容であった。

元より長蔵が挙げた三人は、亥之助にとっても父の仇《かたき》なのである。

少なくとも、亥之助はそう信じている。

それで心が動いた。

もし承知なら、高輪の江戸下屋敷まで返事が欲しい。細かなことは、その後に打ち合わせようと続いて、最後に春田久蔵は故国の甲斐に戻っている、とその住所地がつけ加えられていた。

（そうか。結局は甲斐に戻っておったか）

その住所地を知らせてきたということは、春田を仲間に加えよ、ということにほかならない。

（話に乗ってみよう）

しばらくの黙考ののち、亥之助の腹は決まった。

（二股膏薬でいこう）

今は熊鷲と変名し、深津の若党となって政長暗殺の一味に身を置いているが、それが本来の姿とは言いがたい。

山路亥之助として、再び故郷に戻れるならば……。

脳裏に、夢まで描いた。

それで亥之助は、江戸の小泉長蔵に返書をしたためる一方で、甲斐の春田久蔵にも連絡をつけた。

一月半《ひとつき》ほどがたったとき、春田が〈椢の屋形〉を訪ねてきた。

――おう、久蔵。どうした……。えらく、やつれてしもうたようじゃが。

わずか一年と少しで、春田の面相が変わっている。

面やつれが目立つうえに、紙のような顔色であった。

――旅の途次に、胃を痛めましてな。なに、しばらくすれば、すぐ元に戻りましょう。

――そうか。それならいいのだが……。ま、しばらく旅の疲れを癒したのちは、ともに江戸へ出よう。小泉さまも首を長くして待っていよう。

江戸の小泉とは、すでに書簡を往復させていた。

――はい。わたしも早く、若さまにお目にかかりとうございます。

目を輝かせた久蔵だが、十日たち二十日が過ぎても、春田の胃は痛むようであった。

(やむを得ぬな)

このまま、ずるずると日を延ばしていても仕方がない。

亥之助は、そう決断をつけ春田に言った。

——俺は一足先に江戸へ出る。おまえも、元気になれば追いかけてこい。

——いえ、大丈夫です。一緒にまいります。

——いや、無理をして、こじらせでもしたら厄介だ。なに、しばらくは、江戸にていろいろと準備も必要だ。あとで追いかけてくればすむことだ。

こうして亥之助は、大和郡山に春田を残し、単身で江戸に出た。

江戸では小泉長蔵が準備した、下屋敷から近い三田町の町並屋敷に身をひそめて、春田を待った。

だが……。

いつまで待っても、春田はこない。

(えい、致し方がない)

ついに亥之助は、単独行動を決断した。

故郷に潜入したのである。

5

母や妹に迷惑はかけられぬから、城下をはずれた農村に隠れ住み、亥之助は斉藤、塩川、伊波を討つ機会を窺った。

ところが、いまだ機運を得ぬうちに、塩川益右衛門の嫡子、重兵衛《じゅうべえ》とその手勢に囲まれることになる。

思えば、早くも潜入を悟られていた、としか思えない。

重兵衛と闘い、太股を斬ったが、亥之助は肩をやられて、九頭竜川に飛び込んだ。

意識を取り戻したときには、粗末な川辺の小屋にいた。

船頭の条吉に、助けられていたのである。

それが去年の六月であった。

傷癒えた九月、亥之助は条吉とともに江戸に戻った。

(はたして、春田は……)

さっそく条吉に、それとなく調べさせたところ、

――なんですか、三田の町並屋敷は空っぽですよ。

――なんと。無住なのか。

――へい。近くの自身番所で尋ねましたら、つい少し前までは、胃腸病《や》みみたいな、顔色の悪い痩せた浪人者が住んでいたらしゅうございますよ。でも、このふた月ばかり、とんと見かけなくなったそうで……。

（春田だ……）

いったい、どこへ消えたのか。

よほどに小泉長蔵に繋《つな》ぎをとろうか、とも考えた亥之助だが、なにやら悪い予感がした。

そのような勘ばたらきも、いくつかの修羅場を乗り越えてきたせいであったろうか。

なにが、どうなっておるものか――。

考えたあげくに思いついたのは、故郷の山里に逼塞している母への連絡であった。

この連絡には、亥之助が最初に江戸で匿われた、江原九郎右衛門の手を煩わせた。

江原家の中間で宗吉《そうきち》という者が、ひそかに越前大野の母の元を訪ね、やがて返書を持ち帰った。

――ぎりぎりのところで、ございましたよ。母君《ぎみ》と、妹御は近く大野を引き払われるところでありました。

――なんと……！

さっそくに母からの返書を開いて、愕然とした。

小泉長蔵と、若殿の小姓であった丹生新吾《にうしんご》の二人が行方不明になった。

さらには、丹生新吾の父母と弟が、一家で大野から逐電《ちくでん》したという。

（どういうことだ……）

尋常なことではない。

書状に目を走らせる亥之助の目に、次には——。

（なんだと……！）

大きく目を剝いた。

城下の噂ではそれらの件に、落合勘兵衛が関わっているようだ、と取り沙汰されている、というのだ。

（落合勘兵衛が、だと……）

なにが、どうなっておるのだ……。

亥之助が故郷を逐電したころの、落合勘兵衛はというと——。

父親の部下でもあった勘兵衛の父孫兵衛《まごべえ》は、御役を免じられ家禄を五割減じられ、城下もはずれの清滝川畔に屋敷替えをされていた。

やがて孫兵衛が隠居して、勘兵衛が十七歳で家を継いだのち、さほどのときを置かず、御供番の役についた。

張り切った表情で、登城する姿を何度か見かけた。

（あるいは……）

藩主の参勤の供に加えられ、この江戸にきておるのかもしれぬな、と、ちらりと思ったが、どのような事情で小泉長蔵、丹生新吾に関わったかについては、いっこうにわからない。

くわえて母からの返書では、亥之助と斬り合った傷が元で、塩川重兵衛が命を落としたという。

それで、もうこれ以上は、この地に住みづらいゆえ、ちづるの元へ厄介をかけるつもりだ、とある。

結びに、孫たちの顔も見たいゆえ……と付け足されているのは、なにあろう。亥之助への惻隠《そくいん》の情にほかならぬ。

（母上……）

書状に向かい、亥之助は詫びた。

結局は亥之助の行為が、母や妹が、それ以上を故郷に暮らす気力を奪い取ったのだ。

これから母が頼ろうという、ちづるというのは、亥之助とは五つちがいの姉である。

十五年ばかりも昔のことだが、亥之助の父は、三年ほど江戸勤番の時代がある。

そのとき、剣の稽古で通った道場で同門になった渋谷重五郎《しぶたにじゆうごろう》という武士と、肝胆相照らす仲となった。

渋谷重五郎は、関東郡代である伊奈家の家士で、その御長屋に出入りするうちに、重五郎の長男の重太郎《じゆうたろう》をも、いたく気に入った。

それで、我が家にはちづるという娘がおるが、ぜひ嫁にもらってくれぬか、という話に及んだのだ。

こうして、またたく間に縁談はまとまり、亥之助の姉のちづるは、十六歳で母ともどもに江戸へ出て、重太郎の元に嫁入った。

その渋谷重五郎は一昨年に身まかって、重太郎が跡を継ぎ、今は伊奈家が行徳船場近くに置いている、行徳代官を務めているそうだ。

亥之助が、そんな母の書状を受け取ってから、そう日もたたないうちに——。

なんと亥之助は、思わぬかたちで落合勘兵衛と出会うことになる。

あれは、深津家老から命じられて、致仕して国帰り途中の原田を斬るべく、その跡をつけていたときのことだ。

そこに思わぬ邪魔が入り、亥之助は条吉に尾行を続けさせ、しばらく様子を窺うことにした。

やがて夜がきて、空には満月があった。

亥之助は、鉄砲町の角に潜んでいた。

すると、大横丁をやってくる武士の顔が、小間物屋の灯りに浮かび上がった。

驚いた。

（無茶勘！）

見まちがいか、とも思ったが、どうもそのように見えた。

（こやつ、やはり江戸に出てきておったのか）

驚くと同時に、亥之助は身を翻した。

追ってきた。

それればかりではない。

——待て、亥之助！

背後から、声までかけられている。

そのことで、さらに愕然とした。

亥之助は、そのとき、黒い深編笠で顔を隠していた。

こちらからは見えても、落合勘兵衛に亥之助と知られるはずが、ないではないか。

考えられることは、ただひとつ——。

亥之助がまるで気づかないうちに、落合勘兵衛は、ひそかに手が届くところまで肉薄していたということだ。

（これは、ならぬ）

亥之助は、臍《ほぞ》を噛んだ。

それより先立つこと、半月ばかり前に――。

それは、まだ故郷の母からの書状を受け取るより前のことであったが、亥之助は女を買いにめったた町の［猫や］という中宿へ入った。

そこで偶然にも、どこか見覚えのある顔に出くわしてしまった。

（はて、誰だったか。うむ、そうだ……）

名さえも思い出せないが、越前大野の城下で、何度か目にした者にちがいない。

（おう、そうじゃ）

城下には、勢力を二分する剣道場があって、亥之助が通っていたのは石灯籠小路の［村松《むらまつ》道場］で、もうひとつは後寺町にある［坂巻《さかまき》道場］であった。

（もう、十年ほども昔のことだが……）

ある日、ちょっとした行きちがいから、両道場に通う少年同士に諍《いさか》いが起こり、

――決着をつけてやろう。

血気盛んだった亥之助が代表して、〈果たし状〉を坂巻道場に持参したところ、

――これ、これ、このように大それた騒ぎを起こしてどうする。道場を破門にでも

なりたいか。まあ、少し落ち着いて、穏便に事《こと》を収めようでないか。

坂巻道場から、ずっと年長の男が出てきて、さかんになだめたり、すかしたりしたことがあったが――。

(あのときの男だ)

亥之助には、そのように思われた。

はたして――。

中宿を出た亥之助を、男はつけてくるようだ。

八辻ヶ原のところから、わざと柳原の土堤道に上がったら、男も同じようにする。

(ふむ……)

まちがいはない。

故郷の徒目付や捕り手を斬り捨て城下を逐電し、なお過日には、わざわざ城下に潜入して、大目付の嫡子までを斬っている。

それゆえ、この江戸で、いつどのような場所で大野藩の家士と出会うかもしれず、亥之助は外出時には深編笠で面体を隠す、という用心を重ねていた。

なのに思わぬ仕儀で、こともあろうに顔を見られてしまった。

まさに、江戸は広いようで狭い。

そう決意をつけて、亥之助は男を回向院《えこういん》裏の、本庄の馬場筋まで誘って斬り殺した。

あとは、たとえ調べの手が入ったとしてもそれが自分の仕業だと、悟られぬことだ。

もし知られれば、あとあとがうるさい。

なにより、自分が江戸にいることを知られてしまう。

亥之助は、冷静に状況を分析した。

[猫や]には、きょうが三度目だが、入るときも帰りも被り物はつけたままだ。

それゆえ、店の者にも顔は見せていない。

見たのは、敵娼《あいかた》についた売比丘尼だけである。

それは千鳥《ちどり》という源氏名で、最初のときに気に入って、そのときが三度目であった。

(千鳥には、気の毒だが……)

口を塞ぐ以外に、方法はないだろう。

条吉を使い、すみやかに、事は実行に移された。

それにて足跡は、きれいに消し去った……。

と、信じていた。

(それゆえに……)

忽然と姿を現わした落合勘兵衛に、亥之助は、言いようのない不気味さを感じたのであった。

市ヶ谷・船河原町

1

あの、満月の夜——。
(よし、決着をつけてやる!)
どこまでも追ってくる無茶勘に、亥之助は勝負をつけようとした。
小伝馬町、牢獄屋敷裏の火除け土堤を背にして亥之助は、迫りくる勘兵衛を迎えた。
十間ばかりの距離をあけて止まった勘兵衛を見て、
(ふむ……)
こやつ、あのころより数段に腕を上げたような……。
亥之助は、そう見てとった。

（しかし……）

俺も、あのころとはちがう。

思いながら、静かに深編笠をとった。

その編笠は、縁に玉鋼《たまはがね》を仕込んだ誂えの品で、一撃で相手を倒すことができる。

そのとき、勘兵衛は、ようやく刀の柄に手をかけて、鯉口を切ったようだ。

その刹那を逃さず、編笠を放った。

放つと同時に、自分もぎらりと大刀を引き抜いた。

――お！

思わず、亥之助は目を剝いた。

勘兵衛は、目にもとまらぬ速さで、抜きざまの刀で編笠を払った。見事な居合技であった。

鋼と鋼がぶつかった。火屑《ほくず》が散った。

散ったと思ったときには、勘兵衛はもう、すすっと滑るように、二間ばかりを後ずさっている。

（む、むう……）

怒濤のように押し寄せるべく、踏み出した左足を、亥之助はかろうじて停めた。

なにもかも、亥之助が思い描いた戦闘とは様相がちがった。

笠を躱《かわ》せば、そのときに隙が生じる。

腕で払えば、負傷する。

そこへ一気に踏み込んでいって、ばっさりのはずが、勘兵衛は刀で受けた。

それも、目の醒めるような居合で食い止めた。

さらには、こちらの次の一手を予測したように、後ずさって態勢を整えた。

(これは、あなどれぬ……)

そう感じるや、亥之助は火除け土堤裏に逃げた。

土堤裏の寺に入って、裏門から抜けた。

そうして勘兵衛から逃れたのち、白壁町の隠れ家へ戻った。

条吉も戻ってきていた。

——なんだか、俺を怪《うら》しむように見る、若い侍がおりまして……。

戻ったきり無言の亥之助に、条吉が話しはじめた。

——それで、その侍をつけてみたんにゃが、いきなり走りはじめて、とうとう見失いました。

そのまま隠れ家に帰ってきた、と条吉は報告したのだ。

それに対して、亥之助は、なにも語らぬ。

条吉のほうでも、亥之助の深編笠がなくなっていることに気づいたはずだが、なにも尋ねない。

ただ亥之助には、条吉が話す若い侍が、落合勘兵衛だとはわかっている。

（早晩、ここも嗅ぎつけられようか……？）

――条吉。

――へ。

――しばらく、江戸を離れるぞ。

――へえ、いずこへ。

――黙って、ついてくればよい。

心づもりは、ついていた。

母や、妹とも再会したかった。

翌朝早くに条吉と白壁町を出て、中川を渡った。

（ここまでくれば、大丈夫だろう）

亥之助は、逆井《さかい》の宿場に条吉を待たせて、行徳の姉を訪ねた。

もちろん、まだ母のゆりも、妹のちどりも到着はしておらず、

――雪が降るまでには大野を出たい、と書き寄こしましたゆえに、今ごろは旅の途中でありましょう。無事のご到着を、待っておるところです。

と、姉は言った。

――では、また改めて出直しますが、さよう、逆井の宿近くに、仮の宿でもご紹介願えれば幸い。

――なにを言う。ここで待たれてはいかがか。

――いや、いろいろやらねばならぬこともございましてな。

――そうか。では、旦那さまに言うて、その近隣の村の庄屋に、文でも書いてもらおうか。

三十になり、三人もの子を産み育てているちづるは、ゆったりした妻女ぶりで、気軽く答えた。

行徳代官の書状を持参して、東小松川村の庄屋を訪ねたら、どうぞ、我が家にご逗留をと言う。

亥之助は、それを断わり、いろいろ事情もあって、人目に立たない場所をと希望した。

それで斡旋されたのが、品清《しなせ》という集落のはずれに建つ小さな稲荷社の、無人の社務所であった。

食事の世話には、村人がやってくる。

条吉を呼び寄せ、亥之助は、ここに仮寓した。

くる日も、くる日も、考えにふけることは落合勘兵衛のことである。

考えれば考えるほど、疑問ばかりがふくらんできた。

十日ばかりして、行徳の姉から母と妹が無事に到着との報らせがあった。

条吉を残して、再び亥之助は行徳に向かった。

そして、母とこもごも話した結果――。

落合勘兵衛が江戸に出たのが、亥之助が故郷を逐電して、半年もたたないうちだったと知った。

――これは、噂じゃがな……。

母は、そう前置きしたあとで、

――無茶勘は、若殿さまの小姓にという話での参府じゃったが、その実、若殿さまに命じられたのは、そなたを討てとの密命であったそうな。

――なんですと！

母は噂と断わったが、母の実家は、あの津田家である。

母の耳には、大野藩内の機密に属するようなことも、入るはずだった。

そんな母から、根掘り葉掘りしながら聞き出したところによると、

――いまは、江戸留守居の松田《まつだ》さまにかわいがられ、機密の役についておるようじゃぞ。詳しくは知らぬが、江戸に出てすぐに、どこぞの大名が国帰りの行列を、襲撃しようとの計画を察知して、それで老中の稲葉さまにも知己を得て、いずれは藩のご重役にもなろうと、それはもう、日の出の勢いじゃ。

(むう……)

亥之助は、心で呻いた。

母は、なにも知らずに話しているが、その大名行列襲撃の話は、誰あろう亥之助が首領となっての計画であった。

(おのれ! 勘兵衛!)

胸がたぎった。

小泉長蔵、丹生新吾、さらには新吾の父母や弟の逐電――。

それについての、詳しいいきさつも知りたかったが、

――それについては、ようわからぬ。というより近ごろは、江戸でなにごとかあれ

ば、必ず、無茶勘の名が出る。どこまで信じてよいものやら、まあ、人の噂とは、そのようなものよ。それより亥之助、そなた、もう、無茶勘に関わってはいけませぬぞ。せっかくに仕官もかない、名も変えたそうゆえ、そちらの勤めにお励みなさい。

と、母に忠告されたが、その新しい勤めというものが、どういうものかは母は知らぬし、また明かせるものではない。

いずれにしても、はっきりしたのは、もはや亥之助には、再び故郷の越前大野にて家名を再興させる、という夢はまったく断たれたということだ。

姉の嫁ぎ先で、数日、熟慮した亥之助は、ある決意を胸に、いったん品清の仮寓に戻った。

——条吉、わしは、これから小金《こがね》というところへ参る。

——へ。小金ちゅうのは？

——なに、ここより五里ばかり北の、うむ、水戸街道の宿場町よ。ただな、ひと月……、いいや、あるいは年を越えて、ふた月ほどの留守になるやもしれぬ。待てるな。

——はあ、そりゃ、待ちはいたしますが……いったい、そのように長く、なにをなさるので？

——なに、再び江戸へ戻るための手だてを作るためじゃ。そうよの、なにやら非常のときのために教えておくがな、これは誰にも漏らしてはならぬ。もしわしに使いの者がきても、他出中とだけ答えて、決して教えてはならぬぞ。よいか。

——へい。もちろん、漏らしはしませぬ。

——よしよし。その小金宿の一月寺《いちげつじ》という寺に滞在しておるからな。

——ははあ、一月寺……。

——そうだ。よほどの火急事のほかは、くるでない。必ず、ここへ戻ってくるほどに、退屈ならば、ときには逆井宿の飯盛女とでも遊びながら待っておれ。

条吉に、そう言い残して亥之助は、再び飄然と品清の仮寓をあとにした。

2

亥之助が、行徳を経由して、再び仮寓に戻ったのが、年も明けて如月《きさらぎ》の声を聞いたころである。

条吉は仮寓にいて、顔を輝かせた。

——よう待っていてくれた。どうだ、これより再会を祝うて、逆井宿あたりで酒でも酌み交わそうぞ。

たゆたうような春風のなか、二人して、水ぬるむ小川に沿って北に歩いた。

堰堤《えんてい》の桜は、すでに蕾をふくらませつつあった。

天高く、囀《さえず》っていた雲雀《ひばり》の声が、ふと止んだと思ったら――。

沛然《はいぜん》と驟雨《しゅうう》がきた。

――こりゃ、いかん。条吉、あれへ。

近くの水車小屋へ、二人は逃れた。

水車は悠然とまわっているが、万力《まんりき》（歯車）がはずされていて、小屋の内部は静かだった。水車小屋の茅葺き屋根にあたる雨音だけである。

――のう、条吉、おまえ、去年十一月の満月の夜のことを覚えておるか。

――十一月の満月……。はいはい、邪魔が入って、俺《うら》が一人でお武家のあとをつけた日じゃ。

――さよう。その折に、おまえ、若い侍に怪しまれ、そのあとをつけたと言うておったな。

――よく、覚えているのさ。

――顔は見たか。

――はい。満月であるんやざ、はっきりと。

——今も、覚えておるか。

——は。背は五尺七寸ほど。やや面長ながら眉濃く、鼻はどっしりとして、利かん気の強そうなお方でございましたな。

——ふむ。どうじゃな。今見ても、それとわかろうかな。

条吉は、ちらと首を傾げたのちに言った。

——わかるんやざ。

——そうか。実は、あの男、名を落合勘兵衛という。

——落合……勘兵衛。

驟雨が止んだ。


亥之助が深津内蔵助に宛てた書状を懐に、条吉が江戸に向かったのは、それから数日ののちである。

亥之助が条吉に命じたのは、次の二点であった。

ひとつは、先にも調べさせた春田久蔵のその後を、さらに詳しく究明することである。

先の調べでは、この亥之助がしばらく滞在した三田の町並屋敷に、たしかに春田久蔵も住み暮らしていたことがわかっている。

その屋敷は、越前大野藩の嫡子、松平直明付の家老として江戸に赴任した小泉長蔵が手配したものだから、春田と小泉とは、当然に再会をはたしていた。

それは、確かだ。

ところが小泉は行方不明となり、春田もまた所在が知れなくなっている。

そこに、落合勘兵衛の足跡が重ね合わされたならば——。

とりもなおさず、あの無茶勘が、小泉長蔵、丹生新吾の失踪に、深く関わったであろうことが実証されるのだ。

今や、亥之助の復讐心は、落合勘兵衛一人に向かおうとしていた。

その勘兵衛は、越前大野藩の留守居役、松田与左衛門《よざえもん》にかわいがられているそうだから——。

おそらくは愛宕下の江戸屋敷に暮らしているものと思われる。

（あるいは——）

母からの情報によれば、小泉長蔵に代わって、松平直明の付家老には伊波利三《としぞう》が、小姓頭には塩川七之丞《しちのじょう》がついたという。

二人は、ともに落合勘兵衛の親友であった。

それゆえ、高輪の下屋敷に住んでいるとも考えられる。

――よいな。まちがえても江戸屋敷の者たちに尋ねようなどとは思うな。慎重に、誰にも知られぬように落合勘兵衛が、近ごろどのような動きをしているかを調べておいてくれ。おまえが勘兵衛の顔を覚えているように、あちらもおまえの顔を覚えているやもしれぬ。その点を、重重知って、事は慎重に運ぶのだ。

そうして条吉を送り出したあと、亥之助は仮寓を出て、再び行徳に向かった。

すでに、母や姉が暮らす屋敷からは近い、徳願寺を次の仮寓と定めている。

それは、亥之助のたっての願いでもあった。

というのも、柴任三左衛門から二天一流の断片なりとも学んだ亥之助には、やはり宮本武蔵は憧憬のひとであった。

徳願寺は、かつて、その武蔵が諸国行脚《あんぎゃ》のおりに、しばし滞在した寺である。

そこには武蔵の書と、八方睨みの達磨の絵も伝えられていた。

その徳願寺の一室で、舐めるように飲んでいた白鳥（徳利）の酒も尽きた。

この寺での滞在も、はやひと月を超えた。

いまだ、条吉からの報告《しらせ》は届かぬ。

夕暮れが静かに訪れはじめ、庭の花海棠《はなかいどう》の桃紅色を翳《かげ》らせていく。

(夕餉には、まだまだか……)

亥之助は、ちらりと空《から》になった白鳥に目をやった。

夕餉の膳が届けられるのは、夕べの勤行《ごんぎょう》ののちで、まだ木魚《もくぎょ》の音も届いてはこない。

(というて、庫裏《くり》まで行くのも億劫だし……)

「お……！」

そんなところに、廊下に足跡がした。

姿を現わしたのは、いつもの小僧だが、

「お客さまがお見えです」

と言った。

「なに、客……。どなただ」

「はい。関口弥太郎さま、と名乗られました」

「ふむ……」

深津家老の用人である。

反りが合うとは言いがたい人物の名に、思わず眉根が寄った。

「小僧」

「はい」

「この徳利と茶碗を片づけてな。それから、客人に通ってもらえ」

言って、小さく唇を歪めた。

3

その日の夕――。

落合勘兵衛は、若党の八次郎を供に、胴切長屋におたると長次を訪ねた。

不思議というか、あの捨て子に出会った日より勘兵衛は、まるで憑《つ》き物でも落ちたように、堀田原での埋忠明寿《うめただみょうじゅ》の稽古をやめた。

すでに長剣の扱いにも慣れて、町宿の庭での稽古に代わっていた。

その捨て子を預かってもらって、はや八日が過ぎていた。

おたるの赤児ともども、捨て子も、いたって元気である。

須田町［桔梗《ききょう》屋］の〈萬歳餅《まんざい》〉を手みやげに、おたると亭主の長次から話を聞いた。

「そうか。まだ身許は知れぬか」

「はい。六地蔵の親分さんは、もう、毎日、それこそ足を棒にして、この子のおっ母さんを探しまわって、くださっているのですが」

「うん、そのことだ、長次さん」

勘兵衛は、小さくうなずいてから言った。

「その後に、六地蔵……、久助さんというたな。ろくなご挨拶もしておらぬ。というて、いきなり押しかけていくのも迷惑だろう。たしか花川戸で料理屋を営んでいると聞いたが……」

「へいへい、[魚久]といいましてね。あそこらでも評判の料理屋ですよ」

「そうか。それでな。その店の客として行ってみようと思うのだ。できれば、おまえたちにもつきあってもらいたいのだが……」

「えっ、俺が……あの[魚久]にですかい」

「うん、頼まれてくれぬか」

「とんでもねぇ。口が腫れまさあ」

言って長次が口を押さえるのに、おたるが、

「行ってきなよ、おまえさん。めったに入れる店じゃないよ」

「お……、そうかい」

勘兵衛は、

「いや、おたるさんも一緒に、と思ってきたのだが……」

「うーん……行きたいのは山山なんですけどね、ほら、見たとおり、こぶが二つも揃っておりますし、ぎゃあぎゃあ泣かれた日には、向こうさまのお邪魔にもなりましょうしね。あたしゃ、遠慮の留守番ということで」

「ふむ」

おたるの心配もわかる。

「では、おたるさんには、おいしいところを折り詰めにしてもらってこよう」

「あれぇ、嬉しゅうござんすよ」

ということになって、長次も含めた三人は、花川戸町の［魚久］に向かった。

菱に魚久と、大きな墨文字の入った油障子を開けると、

「おいでなさいましー」

と、女中の元気な声が出迎えた。

入ったすぐ横には、下り酒の一斗樽が台上に、二列二段に積み上げられている。

土間の先の入れ込み座敷は、すでに半分近くが、客で埋まっていた。

客の間を数人の女中が忙しく動き、料理場から運ばれてくる酒や料理で、手早く膳ごしらえしたり、軽口につきあったりしている。

「あいにく、二階の奥座敷は、予約でふさがってございまして」

勘兵衛を供連れの侍と見て、女中が言う。

「そこの、入れ込み席でよいぞ」

「いえ、小座敷のほうへご案内をいたします」

各種の魚や、茹で蛸やら、鳥やらが吊り下げられた料理場の横手に、帳場が切られている前を、

「どうぞ。こちらへ」

細い土間道を通って、六畳ほどの小座敷へ案内された。

「好き嫌いはないゆえ、酒肴《さかな》は適当に見繕ってな」

辛口の酒と料理を注文して女中が下がると、

「よく、はやっておるようだな」

「へい。そのようで……」

やはり初めてらしく、長次の目が丸くなっていた。

「ところで、帳場に座っておられたのが、ここの女将《おかみ》かい」

ちょうど勘定中の客がいて、女将らしい女は、結界の向こうで算盤《そろばん》をはじいていた。

「へい。おさわさんと言いまして、強《きつ》そうには見えますが、そりゃあ腰の低いおひとで」

「ふむ。おさわさんというか」

実は勘兵衛、酒食のあとの勘定の際に、手みやげを渡して挨拶をする心づもりであった。

(それにしても……)

同じ料理屋といっても、田所町の[和田平《わだへい》]とは大いにちがう。

店の造りもちがえば、あの大らかで、開けっぴろげな入れ込み席の様子もちがう。

もっとも、[和田平]の客は、大店の主人あたりが中心であったのに対して、こちらは場所柄、大工や職人なども客で入っていた。

(それより、なにより……)

やはり[和田平]は、上方《かみがた》ふうであったのだな、と今さらのように思う。

昨年の暮れも押し迫ったころ、勘兵衛は大坂から、[和田平]の女将であった小夜《さよ》の妹夫婦を江戸まで連れてきた。

その後——。

いずれは、［和田平］に顔を出さねばならぬ、と思いながら、なかなか果たせないでいる。

そんな、内なる苦《にが》さを胸にのぼらせはじめたころに――。

「ごめんなさいまし」

小座敷の向こうから声が届き、障子が開けられた。

そこに、おさわの姿があった。

おさわは小座敷の障子際に座り、まず勘兵衛に向かって指をついてお辞儀をしたあと、

「まあ、長次さん。先ほどは、取り込み中にて失礼をいたしましたね」

「いえ、とんでもございません。こちらこそ、声もかけずに通り過ぎやして、申し訳もねぇ」

長次があわてたように、頭を下げる。

再びおさわは、勘兵衛に向かうと、

「この度は、このようにむさい店へ、ようお越しくだされました。ご挨拶が遅れましたが、女将を務めさせていただいております、おさわと申します。人ちがいでございましたらお詫び申し上げますが、もしや、落合さまでいらっしゃいましょうか」

算盤を入れながらも、きちんと目配りはできていて、しかも身許の推量まで当たっている。

(これは、なかなかに……)

よくできた女将ではないか、と勘兵衛は内心で感心をしながら、

「いや、のちほどにご挨拶をいたすはずが、先を越されてしもうた。いかにも、落合勘兵衛と申す者。こちらは、若党の新高八次郎と申します。以後、お見知りおきくださいますように」

勘兵衛の横で、八次郎が小さく頭を下げたのち、

「こたびは、思いもかけぬことで、ご亭主どのには、いかいご厄介をかけ申す。今宵は、まずは、そのご挨拶代わりに、と思い立ちましてね」

「それは義理がたいことでございます。こんなところでございますが、今後もぜひ、ご贔屓になさってくださいませ。ところで……」

おさわは、それから少し声を落とし、

「まあ、あの赤児の母親というのが、なんとしても、はっきりしませんでねぇ。ところが、きょうになりまして、思わぬ手蔓がつかめたと、亭主は、張り切って出かけていきましたよ」

「ほう。さようか」

「はい。うまくいきましたなら、あと一刻（二時間）ばかりもすれば戻ってまいりましょう。もしお時間が許されれば、それまでごゆるりとおくつろぎくださいませ」

女将と入れ替わりのように、女中が酒と酒肴を運び込んできた。

（そうか。手蔓がつかめたか……）

無事に母親が見つかればよいが、と勘兵衛は思った。

4

「どうした八次郎。もう食わぬのか」

「いえ、もう、これ以上はとても」

八次郎は膝を崩して腹を撫で、壁に背もたれまでして苦しそうに上向いている。

「まるで、親の敵《かたき》にでも出会うたように、そんなにがつがつ食うからだ」

「いやあ、どれもこれも、あまりにうまいもので、つい……」

「早食いすれば、たくさん食えるというものでもなかろう。それでも味だけはわかるようだな」

「いや、それにしても旦那さま。旦那さまがそんなに酒がお強いとは、この八次郎、初めて知りましたぞ」

そういう八次郎は、酒より食い物一辺倒であったが、わずかな酒で、顔は真っ赤になっていた。

長次のほうは、あまり遅くなってもおたるが心配するだろうと、土産の折り詰めを持たせて、一足先に帰している。

浅草寺の鐘が、五ツ（午後八時）を報じてほどないころ、

「お邪魔をいたしますよ」

障子の向こうから、おさわの声がして、八次郎はあわてて姿勢を正した。

おさわが言うには、

「先ほど、亭主の様子を見に行かせましたところ、赤児を捨てた者は、すでに判明したよしにございますよ」

「おう、それは……」

「その者から、亭主が事情を聞いておるところですが、そろそろ調べも終わるころにて、あと小半刻ばかりお待ちくだされませ、との伝言にございます」

「それは……。いや、わざわざに、かえってお手間をおかけしたような。いや、痛み

いる」

「とんでもございません。あら、ご酒《しゅ》のほうは、もう空ではございませぬか」

ひょいと手を伸ばして、銚釐《ちろり》を覗いた。

「では、お願いしようかの」

「かしこまりました。新しい菜もお持ちしましょう」

手早く膳から、空になった容器をとりまとめて出ていったあとで、

「いやあ、お強い」

八次郎が、感に堪えぬような声を出した。

（それにしても……）

と勘兵衛は思っている。

先ほどの女将の言いまわしだと……。

赤児を捨てた者は判明した、と言った。

そこに母親の匂いはない。

（やはり、拐かしだったのであろうか）

小さく、眉を寄せた。

久助が、勘兵衛たちの小座敷にやってきたのは、まさしく小半刻ほどのちのことであった。

「いやあ、どうにも、おかしな成り行きになりやしてな」

開口一番に、久助は言った。

新堀川に面して建つ、天台竜宝寺門前に住む船頭に安五郎という独身男がいる。

「落合さまが、堀田原で赤児を拾われた前の晩、そやつの長屋から、赤児の泣き声がしたと聞きましたんですよ」

天台竜宝寺というのは、すぐ南のほうに同名の寺があるものだから、その宗旨によって、浄土竜宝寺、天台竜宝寺と区別しているにすぎない。

いずれにせよ、堀田原からすぐ近く、時日も適合するから、怪しいと目をつけた。

ところで、この安五郎というのは自前の荷足舟《にたりぶね》を持っていて、あちらに傭われ、こちらに傭われ、という生活を送っている。

「そのようなわけで、舟で出たら最後、どこまで行ったやら、また、いつ戻るかさえわからないという始末で、こりゃ、どうしたものかと思っておりましたところ……」

この安五郎、毎月四のつく日は三十三間堂の塵芥《ごみため》を、永代嶋まで捨てに行くのが決まりになっているのがわかった。

ちなみに町方の塵芥は、幕府指定の請負人が扱って、自前の舟で勝手に捨てに行くことは許されていない。

しかし武家地や寺社は、例外であった。

また、このころ三十三間堂は、新堀川沿いの浅草本願寺（東本願寺）の北西の位置にあり、これより二十二年後に焼失したあとは、深川に移される。

「ならば、夕刻には戻ってこよう、と手ぐすね引いて待ちかまえているところに……」

その日の仕事を終えた、安五郎が戻ってきた。

「もう、問いつめるまでもなく、堀田原に赤児を……と言っただけで、野郎は青くなり、がたがた震えはじめる始末でござんしたが……」

安五郎が言うには、勘兵衛が赤児を拾った前日の六日は、市ヶ谷御徒組《おかちぐみ》組屋敷への米を、浅草御米蔵から受け取って神田川を遡《さかのぼ》った。

舟を着けたのは、昔より船河原町と呼ばれるところの揚場《あげば》であった。

「そこらは、軽子《かるこ》と呼ばれる荷揚げ人足が多く住むところでありましてな。そろそろ暮れ六ツ（午後六時）に近く、安五郎は、そこの亀吉《かめきち》という顔見知りの軽子に誘われて、亀吉の長屋で酒盛りをしたそうで……」

「ははあ、なるほど……」

勘兵衛は、久助に相槌を打った。

「そうこうするうちに、市ヶ谷八幡の鐘が四ツ（午後十時）を打って、こりゃ長居をしすぎた、と帰ろうとする安五郎は、亀吉に今夜は泊まっていけと勧められたそうだが、いやあすも御米蔵まで早くに行かねばならぬからと、ほろ酔い加減で亀吉の長屋を出て、繋いであった舟で自分の長屋に戻ったそうですよ」

「…………」

「実は、そのとき、すでにその舟には赤児が乗せられておったのだが、菰筵《こもむしろ》の下に隠されて、おそらく赤児もすやすや眠っていたのでありましょうな。それでほろ酔いの安五郎は、舟行灯に火を入れるときにも気づかず、そのまま、牛込、小石川、お茶の水と過ぎて、ようよう柳原あたりまできて、むずかりだした赤児に気づき、腰を抜かさんばかりに驚いた、とこう言うんですな」

「ほほう」

「安五郎が言うには、まるで狐につままれたような心地で、酔いはいちどきに醒めたが、どうすればよいかと動転するばかりで、とりあえずのところは長屋へ連れ帰り、おしめが汚れていたので、とりあえずは自分のふ、ん、ど、しで替えてやったそうな。それから思案をしたが、赤児は泣くわ、思案はまとまらぬわで、一睡もできずに、ほとほと困り果てたあげく……」

といった次第であったようだ。

聞けば、安五郎の困り果てようは、勘兵衛にもよくわかる。

勘兵衛自身もあのとき、赤児を抱えて途方に暮れた。

（しかし、捨てずとも……）

とも思うのだが、これが他人事《ひとごと》であれば、まことに滑稽とも、あわれとも思える。

「といって、安五郎の言うことを鵜呑みにもできませぬから、手下を船河原町まで走らせましたところ、亀吉のみならず、酒盛りに加わった者たちからも裏がとれました次第ですよ」

「ふうむ」

「ま、そんなわけで、まだ赤児の身許はわからずじまいってぇことで、あすからは、その市ヶ谷の船河原町あたりを聞き込んで、まわろうと思っておりやす。いや、どうも、面目ねえ話で……」

「とんでもない。こちらこそ、とんだ世話をかけさせて、申し訳なく思っている。ところで、その安五郎には、どのような処分を？」

「はあ、まことにけしからぬやつではございますが、無理にも縄付きにすることもなかろうと思いましてな。それよりも、あすからの探索に、しっかり協力をしろと申しつけておきやした」

「それは、よいことをなされた」

このときまで勘兵衛は、あの赤児が捨てられておった、板倉家の中川という用人の態度を怪しんで、

（あるいは……）

などとも思っていたのだが、あれは、ただ関わり合いになるのを逃れたいだけであったようだ。

5

翌日は、朝から汗ばむほどの陽気であった。

久助は、その日、四人の手下に船頭の安五郎を加えた六人連れで、市ヶ谷・船河原町に向かった。

神田川沿いに、花川戸からはおよそ二里の距離がある。

それを休みなく歩き通しながら、

「いや、めっぽう暑い」

久助が額の汗を手の甲で払うのを見て、安五郎が言った。

「牛込逢坂《おうさか》の下に、〈堀兼《ほりかね》の井〉という清水の湧く井戸がごぜえますよ」

「おう、そうかい。うん、〈堀兼の井〉てのは聞いたことがある。なんでも遠くから、わざわざ茶の水にと、汲みにくるひともいるんだろう」

話には聞いているが、実は久助、生まれてこの方、牛込のほうまで足を伸ばしたことはなかった。

せいぜいが、上野山下あたりまで遊行に出かけたことはあるが、根っからの浅草っ子であったのだ。

「へい、洗濯物が白くあがるっていうんで、揚場の軽子衆も重宝《ちょうほう》しているようでがんす」

その〈堀兼の井〉に着いて、竹釣瓶《つるべ》で汲むと、湧き清水だから、まことに冷やっこい。

「おう、こりゃ、いい具合だ」

などと言い合っているが、その〈堀兼の井〉のところから、西に上っていく坂が逢坂で、どんどん上っていくと御徒組組屋敷、また堀端《ほりばた》のところからはじまる町屋が、揚場《あげば》町とも呼ばれる船河原町であった。

井戸の先には、荷車が二台とまっている。

清水で顔を洗い、さっぱりとしたところで久助は、

「で、どうなんだい。おめえさんが舟を繋いだってのは、このあたりなんだろう」

久助が言うと安五郎は、

「へえ、こちらの……」

井戸先から荷車の横を通り、安五郎は堀へと刻まれた広い石段を下りていった。

そこに揚場があって、船頭らしいのが舟を着け、石段でのんびり煙草をくゆらせていた。

舟からは、軽子たちが忙しく荷揚げをしている。

「ほかの舟の邪魔になってもいけませんので、こちらのいちばん隅っこのほうに……」

揚場の隅には木杭が何本か打ち込まれており、安五郎は、そこに舟を繋いでいたという。

「ふうん。なるほどなあ」

千鳥が遊ぶ堀の水から、久助は石段を見上げた。

何者かはわからぬが、この石段を下りて、安五郎の舟に赤児を置いていったものがいる。

安五郎の話からすると、それが九日前の三月六日、暮れ六ツ（午後六時）から四ツ(午後十時）の間であったことになる。

久助は言った。

「ちょっと集まってもらおうか」

手下や安五郎が、久助を取り囲むようにしたところで、

「さあ、ここからだ」

久助は、懐から覚え書きを取り出した。

ここらの地理には不案内な久助だが、昨夜のうちに、三年前の寛文十三年（一六七三）に、遠近道印《おちこちどういん》作画で出版された『新版江戸外絵図』をじっくりと眺め、この近隣にある町という町を書き留めてきた。

このあたり、堀の内側もこちら側も武家地であるが、この船河原町のところから市ヶ谷御門前まで、堀端に途切れず町が続く。

また、すでに通り越したが、牛込土橋から西に続く神楽坂《かぐらざか》周辺は寺が多く、門前町

が続いている。

さらには、もうひとつ南の四ッ谷御門前からは、内藤新宿にかけて長く長く町が続く。

「とりあえずは三つに分けよう。神楽坂方面と牛込は五平と千吉、四ッ谷方面は兼七と幸作。俺と安五郎で市ヶ谷をやっつける、ということでどうだ」

「へい。しかし……」

千吉が首をひねった。

「どうしたい」

「へえ、まあ、よけいなことかもしれねえが、もしも、もしもですよ。あの赤児が侍《さむれえ》の子ってことは……」

「ばかやろう！」

久助の癇癪玉が破裂して、千吉ばかりではなく、安五郎までが首をすくめた。

「こちとら、はなから、そんなことはわかってらあ。だが、それを言っちまえば、おしめぇだろうが。俺たちにゃ手も足も出せねえってことよ。せっかく気を張っているところに、ナメクジに塩みてえなことを言いやがって」

「面目ねぇ。ちょいと口がすべりましたのさ。どうか、お許しなすって」

「けっ。まあ、気をつけろぃ」

言って久助が睨みつけた、その横で、

「親分の言いなさるとおりだ。瓢簞《ひょうたん》にも底がある」

五平が地口で、茶茶《ちゃちゃ》を入れた。冗談にも程がある、の駄洒落だ。

負けずに千吉も、

「こりゃ、とんだ目に太田道灌《おおたどうかん》」

と返したので、さすがに久助も苦笑してしまった。


それぞれが分担の地に散っての探索がはじまった。

まず久助が向かったのは、すぐ目前の堀端にある船河原町の自身番だ。

市街地ではないので、木戸や木戸番所までは設けられていない。

「俺は、寺社奉行さまのお手先をしている、浅草・花川戸の久助というものだが、少し教えてもらいてえことがある」

九日前の夜に、赤児を抱いた者がここらを通らなかったか、そこの揚場の石段を下りる者を見なかったか、と尋ねたが、九尺二間の番屋に詰める男たちは、ただ首をひねるばかりであった。

「それじゃあ、この近辺で、そのころ赤児がいなくなったって、いうような家はなかったかね」

「そんな話がありゃあ、そりゃ大騒ぎだよ。とんでもないことですよ」

大家らしい男が答えた。

「そりゃ、ちげぇねえ。いや、実はな。さっきも言ったこの六日の夜に、あの揚場に繋いであった舟によう、赤児を捨てたやつがいるのよ。その赤児は、実は俺が預かっているのだが……」

そこまで明かしていくと、

「なに、そりゃ、ほんとうかい」

今度は興味を持って、番屋の男たちが根掘り葉掘りと尋ねてきた。

横では安五郎が小さくなっていたが、これ幸いと久助は、

「うん。その船頭ってのがこいつだ。それで、どうしたものでしょうと俺に相談にきたんでな。まあ赤ん坊は、俺の家で預かって、こうして母親を捜しにやってきたのさ」

多少の脚色もして、しばらく世間話もしてから番屋を出た。

船河原町に続く堀端の町は、昔は布田《ぬのだ》新田という百姓地であったが、江戸城の外堀

が掘られるときに御用地に召し上げられた。

それでできた町だから、市ヶ谷田町の名がついている。

船河原町のほうから、田町三丁目、田町下二丁目、田町上二丁目、田町一丁目と続き、市ヶ谷御門前を越えて、田町四丁目がある。

久助は、それぞれの自身番屋に立ち寄って、同様の聞き込みをおこなっていった。

いずこも結果は芳しくなく、赤児を抱いて通った者の目撃者はなく、また近隣で赤児をさらわれた、というような話もない。

成果といえば、舟に赤児が捨てられたという話題に、みんなが興味を示したことくらいだろうか。

田町一丁目の番屋は少し大きくて、間口は三間、奥行が二間。

「そういやあ、子供が迷子になったとかで、［笹屋］の前で、大騒ぎしていたおっ母さんがいたな」

書役《かきやく》らしいのが答えて、久助は真顔になったのだが、

「おい、おい、いつの話だい。そりゃあ、丑紅《うしべに》の日のこったろう」

「そうとも、去年の話だ。それに、こちらさんがお聞きになっているのは、赤児の話だよ」

大家らしい二人が、口ぐちに言った。

土用の丑の日といえば、現代では夏場の大暑のころをいうが、五行《ごぎょう》の説に則《のっと》れば、春夏秋冬に一度ずつ、すなわち年に四度ある。

しかも、この物語の時代、土用の丑の日に鰻を食う、などという風習はまだない。あるのは寒中の丑の日に紅を買う、すなわち丑紅の日、というのがあった。

一年じゅうでもっとも寒い日に製造される紅は、発色も品質も最上のものとされていて、江戸じゅうの小間物屋では、丑の日がくると、「今日丑紅」と張り紙をした。

なかでも、ここ市ヶ谷田町一丁目にある［笹屋］の紅は評判がよく、店前は丑紅の日には、大混雑を呈するらしい。

それで迷子まで出る始末だ、という話を聞きながら、久助は苦い顔になった。

（とんちんかんな野郎だ……）

といって書役を睨みつけるわけにもいかず、これまでの自身番所で尋ねてきたことを繰り返す。

結局のところは、不首尾で自身番を出て、ふと見ると、どこかで見たような顔に出会った。

まるで怒ったような顔つきで、堀端の道をどんどん近づいてくる男の顔を確かめて、

「おい。仁助、［瓜の仁助］じゃねえのかい」

声をかけると、仁助はつんのめるように停まり、

「あ、こりゃあ、六地蔵の親分さんで」

顔から汗をしたたらせながら、仁助は腰をかがめた。

愛敬《あいきょう》稲荷の子守女

1

主に本庄・回向院あたりで稼ぐ香具師を束ねる［瓜の仁助］だが、その香具師たちも、たまには浅草寺まで遠出することもあって、浅草の顔役である久助とは、互いに顔見知りであった。

「えらく場違いなところで会うもんだ」

「そりゃあ、まあ、親分さんこそ」

「お上《かみ》の御用かえ」

仁助が本庄奉行の岡っ引きをしていることは知っている。

「へえ、実は、きのう深川で、絞め殺された娘が見つかりまして。といっても、実際に殺されたのは、十日ほども前だと思われるんですがね」

「そりゃ、気の毒なことだ。だが、それがどうして、このようなところまで？」

「へい。娘の着物の袂にね。田舎おこしの包み紙が入っていたんでござんすよ。それが、ほれ、ついそこの……」

仁助が指さしたのは、市ヶ谷八幡の門前町にある［大黒屋《だいこくや》］という菓子店であった。

仁助が懐から、皺を伸ばした包み紙を出して見せた。

〈田舎おこし〉と書かれているだけで、店名はないが、大黒さまの図柄が添えられている。

「ふーん。そういうわけかい」

仁助はちらりと、なにやら考え込む様子だったが、

「いや、こんなところで、六地蔵の親分さんに出会ったのも、こりゃ、神仏のご加護というもんだ。ちょいと［大黒屋］への聞き込みにつきあっちゃ、もらえませんかね」

「うーん」

こちらも今は、探索の最中だ、と出かかったのを、無理にも抑えたのは、やはり岡っ引きの勘というようなものだったろうか。

「いえね。あっしも本庄あたりじゃあ、ちょいとは知られてはおりやすが、この、お江戸では、そうもいきますまい。いくら十手《じって》をひけらかしても、このちんぴらの若造が、と見くびられるのがオチでさあ」

「ふーん、おまえさん、十手をお持ちで」

久助自身は、十手を持たぬ。

「へい。本庄、深川となると、気の荒いやつばかりでござんすからね。ちょいとごめんなすって」

仁助は久助に背を向けると、無地の夏羽織をたくって見せた。

帯の背に、十文字差しに十手がある。

仁助は、羽織を戻して言った。

「あのとおり、[大黒屋]があるのは、八幡さまの門前町だ。寺社奉行さま、お声がかりの親分がついていてくだされば、これほど心強いことはありませんや。どうか、お頼みもうしやす」

「わかったよ、仁助さん」

なるほど仁助は、きょうはこざっぱりと身繕いをしてはいるが、なにより身体全体から危険な匂いが漂ってくるような若者であった。

それに、どういうわけか、手下も連れていない。

門前払いにはならないだろうが、聞き込みに対して、まともには答えてくれない、ということも考えられるだろう。

「安五郎、おまえは、そこらで待っててておくれ」

久助は仁助と二人、［大黒屋］へ入っていった。

はたして六尺の大男である久助と、顔貌ただならぬ仁助の二人が店へ入っていくと、店の者が怯えた顔つきになった。

「いらっしゃいませ」

手代らしい男の挨拶も、小声だった。

これには久助も苦笑して、

「番頭さんは、いなさるか」

「へい。手前が番頭でございますが、なにか……」

手代では、なかった。

「うん。俺は、浅草・花川戸の久助というものだが……」

言いながら懐から紙入れを出し、一枚の手札を抜き取って、

「実は、こういうもんだ」

番頭に渡した。

それは、久助にとっては、家宝ともいうべきものである。

もう十三年も昔になるが——。

久助がおさわと夫婦になって二年目の寛文三年に久助が、父親がやっていた［菜飯屋］を今の［魚久］に替えたときのことだ。

どこで噂を聞いたのか、客として、ひょいと顔を出したのが、当時の寺社奉行であった加賀爪《かがつめ》甲斐守直澄《なおすみ》である。

この加賀爪という人物は、かつて江戸においては——。

〈夜更けに通るは何者か、加賀爪甲斐か泥棒か〉

などとおそれられ、乱暴者の旗本奴として有名であった。

一説に、あの水野《みず の》十郎左衛門《じゆうろう ざ え もん》の子分だったともいわれるが、それはまだ、年若きころのことであろう。

九千五百石の旗本、加賀爪忠澄の嫡子であった直澄が、徳川家光の御小姓より、小姓組頭となったのが二十四歳のとき、功を認められて二千石を与えられた。

その後は父の死去により、併せて一万一千五百石で大名に列せられ、武蔵国髙坂《たかさか》藩の藩主となったのが三十二歳のときである。

その後に、書院番頭、大番頭、寺社奉行と要職を重ねている。

ちなみに水野十郎左衛門が幡随院《ばんずいいん》長兵衛《ちょうべえ》を殺した明暦三年（一六五七）に、直澄は大名であり寺社奉行であった。

話を元に戻そう。

――こりゃ、開店の祝いじゃ。とっておけ。

と加賀爪直澄が、久助に手渡したものがある。

それが――。

花川戸六地蔵の久助
永代勘定奉行寺方の御用相務める者也。

と墨書に「勘定奉行加賀爪甲斐守」の文字と花押がある手札であったのだ。

2

家宝の手札の効き目は抜群で、「大黒屋」の番頭はあわてた様子で帳場の主人のところに飛んでいき、久助と仁助は丁重に帳場の横座敷に案内された。

「はい。こりゃ、まぎれもなく、我が家の菓子の包みに相違ございません」

店主の伊兵衛《いへえ》は、仁助が見せた包み紙を認めた。

仁助は、深川・一心寺に殺され捨てられていた娘の事件の概要を話し、

「年のころなら、十六から十八。背丈は五尺ばかり。まあ、これだけじゃあ、やくたいもない。この店に、そんな客に覚えはねえか、などとは聞けたもんじゃない。これから、その娘っこの服装なんぞの特徴を、詳しく話すんで、心覚えはないか、ぜひともしっかりと聞いてもらいてえ」

ぎろりと仁助が、すごみのある目つきで伊兵衛を見た。

「は、はい……」

その迫力に、［大黒屋］伊兵衛も真剣な顔つきになって、

「おい。番頭さん。小僧も含めて、手の空いたものを、ちょいとここへ集めておくれ」

と命じた。

(なかなか、やるじゃゃねぇか)

久助は、改めて仁助を見直していた。

やがて帳場の土間先に、店の者たちが集まった。

「すまねえな。その娘っこが殺されたのは、おそらくは七日から十日ほど前だと思う。で、髪形はというと、娘島田だ。それから身に着けていた着物はというと、茶に黒の牛蒡《ごぼう》縞なんだ」

そこまで言って、仁助は一同をひと渡し眺めてから、次を言った。

「帯は鯨帯。表裏、どちらにも使えるという、いわゆる昼夜《ちゅうや》帯ともいうやつだ。片方がつるりっと光沢のある黒繻子で、もう片方は紫縮緬の纐纈《こうけち》だ。知っちゃいようが纐纈ってのは、模様を出した絞り染めのことだ。どうだい、覚えはないかい。さあ、どうだ」

さすがは瓜（売り）の仁助と呼ばれた香具師だけあって、ぽんぽんと飛び出すことばに淀みがない。

集まった者たちが、少しざわざわしたが、格別の声は出ない。

そんな様子を見ながら、仁助は続けた。

「帯下のしごき帯はどうかというと、縮緬地を、紅から桃色、桃色から薄桃色へと、だんだらに染めた手綱《たづな》染めだ。茶と黒の牛蒡縞の小袖のほうは置いといて、帯にしたって、しごきにしたって、そこらの裏長屋の娘が身につけるにしては、上物だ。まあ、余所行《よそい》きってことも考えられるが、どうだい、ここの客で、そんな娘に心当たりはないかい。ひとつ、ようっく考えてみてくれ」

手代や、小僧たちが、ひそひそと声をひそめて話しはじめたが、もうひとつ反応は鈍い。

その間にも、「大黒屋」には次つぎと客がくる。

「親分さん」

番頭が言った。

「その娘さんの様子は、手に取るようにわかりましたが、なにしろ、ここにはいろんなお客さまが見えなさる。それに、いつも同じお姿でというわけでもなく、常連のお客さまばかりではありませんので……。いや、どこの誰とも知らないお客さまのほうが、実際のところ、多いんでございますよ」

しかし、仁助はあきらめなかった。

「そりゃ、番頭さんの言いなさるとおりだ。その娘が、ここで買い物をしたともかぎらねえ。土産に貰った田舎おこしってぇことも考えられる。それを承知でよう、くどいようだがお尋ねするよ。なにしろ、これから花も咲こうか開こうかっていう若い身空で、無惨にも乱暴されて絞め殺された娘がいる。それが、どこの誰ともわからずに、無縁仏になっちまう、なんてのは、あまりに無慈悲じゃねぇか。な、そうだろう」

仁助の弁舌に、番頭は黙った。

「実はもうひとつ、大事《でえじ》な特徴がある。ようっく聞いてくれ。それが、なにかといえば、その娘っこがしていた元結《もっとい》よ。ほれ、これがそいつだ。ようっく見てくれ」

仁助は懐から手拭いを出し、そっと包みを広げるようにした。

そこに、微妙な色合いの元結紐があった。

「さあ、見てくれ。見てのとおり、そこらにあるような紙縒《こよ》りのもっといじゃねぇ。白でもないし、黒でもない。金糸、銀糸に紅染めと、伊達《だて》を競うような元結は、枚挙にいとまもねえけれども、こいつはこのとおり、霞か雲か、はた雪か、なかにはちらほら紅もさす、ってぇ風情の、なんとも微妙な色合いのもっといだ。さあ、見てくれ」

仁助は、手拭いごと娘がしていた元結を番頭に手渡し、

「うーん」

つくづく眺めているのを、横から手代が、また小僧たちが伸び上がるようにして見ようとしている。

そんな様子に、また仁助が、口上でも述べるように口を開いた。

「昨日《きんの》、おいらは、霊岸島・北新堀の［近江屋］助七《すけしち》ってえ問屋で、そいつを見てもらった。するってぇと、こりゃあ京下りの引裂元結《ひっさき》てぇものに、ちげぇねえそうだ。なんでもよう、鳥の子紙ってえ薄葉《うすよう》を、切って細かく折りたたむっていう、たいそうな手間をかけたものだそうだ。お武家のよう、奥女中あたりが使うもんだっていうんだが……」

そのとき、

「あ、それ、もしかして……」

先ほどから、伸び上がるようにして手拭いの中身を見ていた小僧が声を出した。

見たところ、十歳になるかどうかという年ごろだ。

「おう、坊主、なにか心当たりがあるか」

問いかけた仁助の眼光が、あまりに鋭すぎたせいか、小僧が、にじるように後ろへ退《すさ》った。

さらには――。

「おい、鉄平《てっぺい》、おまえ、いいかげんなことを言うんじゃないよ」

番頭に言われて、鉄平というらしい小僧はうつむいてしまった。

「番頭さんよ。よけいな邪魔だてては困るな」

とんがった声を出す仁助に、

「いえ、親分さん。邪魔だてなんて、とんでもございません。いえね、この鉄平というのは、ほんの十日ばかり前から奉公にきたばかりの新米小僧でございますよ。ですから、客の顔なぞ、見知っているはずがないんでございますよ」

「やい。そう、決めつけるもんじゃねえや」

物凄い形相になった仁助を見て、六地蔵の久助は、

「まあま、仁助さん」

小さく袖を引いて、

「というと、番頭さん。こちらの小僧さんは、出替わりの日からの奉公かい」

「へえ。そのとおりでございますよ」

この三月五日が、年季奉公の出替わりの日であった。

「ふうん。そうかい」

久助は座敷を立って土間に降りると、六尺の身体を縮めるように、うつむいたままの鉄平のそばにしゃがんだ。

そして穏やかに切りだした。

「鉄平というのか、いい名だな。奉公は、ここが初めてかい」

鉄平は、おそるおそるというように顔を上げ、久助の笑顔に出会って、

「へえ」

返事をした。

「そうかい。しっかり、ご奉公しなよ。ところでよう。あの元結紐に、なにか心当たりがあるんだろう。遠慮しねえで、おじさんに教えてくんな」

鉄平が、ちらりと番頭のほうを見ると、番頭も、

「知っていることがあれば、正直に申し上げるんだ」

言って、ぺこりと久助に頭を下げた。

それで安心したか、鉄平は答えた。

「あの、綺麗《きれえ》なもっといは、見たことがある」

「ほう。どこでだ」

「おいら、いえ、わたしの長屋の近くの、おひろさんが、わたしの姉ちゃんに、これ、きれえでしょって見せてくれたんだ」

「ふん。そりゃ、いつのことだい。もう少しくわしく、聞かせてはくれねぇか」

市ヶ谷田町上二丁目の梅木《うめのき》長屋に住む鉄平には、四歳年上の姉がいる。

父親は畳職人だが、母親を亡くしたあとは、その姉が鉄平の母親代わりで、家事全

般をこなしている。

　この正月のこと、父親が仕事に出かけたあとで、鉄平は姉と二人で、近所の愛敬稲荷の境内に遊びにいった。

「わたしは初めてだったけど、姉ちゃんは、おひろさんと知り合いみたいで、奥さまから、お年玉にもらったんだって、嬉しそうに、そのもっといを見せて、はい、お裾分けって、姉ちゃんも一本、分けてもらって喜んでた。それが、それと……」

「ふん。同じ元結だっていうんだな」

　座敷のほうでは、仁助がもぞもぞしていたが、ここは久助にまかせたほうがよいと踏んでか、全身を耳にしている。

「うん。それに、牛蒡縞の着物に黒繻子の帯にも、覚えがある。あ……、おいら、いえ、わたしがここに奉公に上がったって姉ちゃんに聞いたからって、一度、お店のほうにもきてくれたよ。そして田舎おこしを、買ってった」

「え、それって……」

　横で聞いていた、手代らしい若者が声をあげた。

「おまえが、奉公に上がってきて三日目くらい、おまえに声をかけていた、あの子守女のことかい」

「そうだよ」

鉄平は、うなずいた。

(なに、子守女?)

不意打ちのように出てきたことばに、なにやらが胸に兆《きざ》して、久助は息を呑んだ。

その代わりのように、

「で、その子守女ってのは……いってぇ」

いよいよ辛抱ができなくなったか、仁助が手代に向かっている。

「いいえ。はい……。手前は、そのう、どこの誰とも知りませんで。おひろって名前も、今初めて知りましたわけですが、あの子守女なら、赤児を背負って、ときおり、ここへ買い物に……」

手代が答えたのを引き取るように、番頭が言う。

「えっ、まさか……。はいはい、そういえば……、いつも、ねんねこ半纏を羽織っているもんですから、まるで気づきませんでしたが……いや、その子守女のことなら覚えております。そういえば、うん。なんですか、着物の柄といい、帯の色といい……」

狼狽したような声音《こわね》になっている。

そう見る久助だって、内心は、大いに動じていた。

3

「え、なんだって。親分さんは、捨て子の母親を探していなさるのかい」

［大黒屋］を出た久助が、鉄平の姉がいる梅木長屋に急ごうとする仁助を引き止めて、捨て子のことを口にすると、仁助が思案顔になった。

市ヶ谷・左内坂《さないざか》に置かれた、堀田五郎左衛門《ごろうざえもん》支配の火消屋敷の門前である。

「親分さん、俺を忘れて、どこへ行くよう」

あとから追いかけてきた安五郎に、

「すまねぇな。今は、それどころじゃねぇんだよ」

［大黒屋］では、結局のところ、子守女の奉公先も、身許もわからなかった。

あとは、鉄平の姉に聞くしかない。

（しかし……）

おひろという名の、子守女が背負っていた赤ん坊というのが――。

（年のころといい……）

どうも、あの子のような気がする。

となると、子守女は遠く深川まで拉致《らち》されて乱暴されて殺された。

一方で、背負《おぶ》っていたはずの赤児は、船河原町で安五郎の舟に捨てられたことになる。

だが、その脈絡が、どうにもつかない。

しかし、仁助のおかげで、瓢簞から駒が出るような展開になったことだけはたしかだ。

久助は言った。

「そうなんだ。詳しいことは端折《はしょ》っちまうが、その捨て子があったのが、この六日の夜のことだぜ。で……」

「そうか。もし一心寺のほとけが、子守女のおひろなら、こりゃあ、重なるってぇ寸法か」

打てば響くように、仁助の目が光った。そして続ける。

「気がかりは、おひろとかいう子守女が、あのもっといいを、奥さまからもらったって、いうことだな」

「うん。そのことよ」

それを思うと、久助の声音も湿る。

この江戸では、奥さまと呼ばれるのは旗本の妻である。

おまけにこのあたりは、ほとんどが武家地なのである。

（おひろという子守女が、武家奉公人であったなら……）

久助にも、仁助にも、とても手が出せない世界であった。

（だが、しかし……）

ふと、久助が訝かしく感じたとき——。

「捨て子があったのは、夜だって言わなかったかい」

仁助が首を傾げた。

「そうだ。思わぬ早とちりをするところだったぜ。だいたいに、お武家が、子守女など雇うはずはねぇや」

旗本の若さまを、日暮れて連れ出すなども、あり得ないことだった。

「そうともさ」

互いに目配せをしたあとは、まっしぐらに梅木長屋に急ぐ二人であった。

「それにしてもよう、おまえも一人でたいへんだな」

たしか、仁助には辰蔵とかいう、二十歳かそこらの手下がいたはずだが……と水を

向けると、

「いや、実は別口を探らせているんでさあ」

「ほう。別口というと?」

「実はね。一心寺という破れ寺で殺されていた娘の死体は、折った木の枝で隠されていましたのさ」

「ふん?」

「その木っていうのが漆でやしてね。おそらく下手人は、夜ということもあって、そうとは気づかず、闇雲に手近の木の枝を、これでもかっていうくらい手折《たお》ったにちげぇねぇんで。となると、こりゃあ」

「おう。そりゃあ、かぶれて、ひどい目にあってるだろうな」

ちょうど、若葉の季節であった。

症状は十人十色だが、発疹が出て顔が腫れ上がる。元に戻るには、十日やそこらでは間に合わない。

「それで辰蔵ばかりでなく、香具師仲間も総動員して、漆にかぶれた男はいないか、探させておりますのさ。それと、このところ杉の青葉とか、川蟹を買いはじめたやつのこともね」

「そりゃ、いい手まわしだ」

久助は誉めた。

漆かぶれに特効薬はない。

杉の青葉を煎じて飲む、あるいは川蟹をつぶして患部に塗る、というのが効果があるとされている。

「お、あのあたりじゃねえですかい」

〈白玉散《はくぎよくさん》〉と白粉《おしろい》の看板が大きい小間物屋［笹屋］を過ぎながら、仁助が前方をさした。

庭に梅の大樹がある家が家主の梅木長屋は、鉄平の説明によると、町の裏通りにあるという。

黙って後ろをついてくる安五郎と、二人の背を追うように、燕が頭上を通り過ぎていった。

そのころ、房総の行徳船場に近い茶店の出床几に――。

（ふむ……）

大和郡山藩分藩の、深津家老用人である関口弥太郎は、所在なげな顔つきで茶をすすっていた。

（なんとも、胸くその悪いやつよ）

苦笑というより、むしろにがにがしい思いを胸に満たして、頬を歪めた。

江戸より、この地まで迎えにきた熊鷲三太夫のことだ。

昨夕のこと――。

この地、徳願寺に逗留中の熊鷲を訪ねて、深津家老の意向を伝えたところ――。

――承知した。

即座に答えたので、まずは安堵した。

そして二人して、江戸への行徳船に乗るべく寺を出たのが、小半刻ほど前だった。

大きな風呂敷包みを手に、人馬や荷車が行き交う街道筋を下ってきた熊鷲が、行徳名物のうどん店の「笹屋」のところを右折して、もう目の前が船着き場というところまでやってきて――。

「ちと、着替えをしてまいろうと存ずる。ここにて、しばし待たれたい」

言うだけ言って、さっさと傍らの茶屋に入ってしまった。

それから、もう小半刻近くたとう。

（あやつ、俺を小馬鹿にしておるのか）

着替えるなら、最初からそうすればよいではないか。

快快《おうおう》たる不満を胸にふくらませているところに、

「いや、お待たせした」

傍らに立った黒い影に、関口は驚いた。

声は確かに熊鷲のものだが、立っているのは虚無僧《こむそう》姿である。

紺地の着流し姿こそ変わりはないが、肩からは紺黒五条の袈裟《けさ》をかけて天蓋《てんがい》をかぶり、腰には錦の袋に入った尺八を差している。

「…………」

布施を受ける、六腑《ろっぷ》と呼ばれる袋こそ胸に下げていないが、どこから見ても虚無僧なのである。

ただただあきれている関口の横に、どさりと熊鷲は風呂敷包みを置いて、

「悪いが、これは関口どのが持ってくれぬか」

しゃあしゃあと、ぬかした。

思わず、むっとした関口に、

「風呂敷包みを持った虚無僧など、おらぬからな」

浴びせ打ちまで食わした。

「しかし、まあ、よりによって、そんなものに化けることもなかろうが」

関口は、思わず皮肉な声付《こわつき》になった。

「なに、虚無僧は一所不住、この姿なら、天蓋をとることなく、いずこへも出入りできる」

「それは、そうだろうが……」

虚無僧というのは禅宗の一派、普化宗《ふけしゆう》の僧だが、僧俗の間にあって有髪のまま、数かずの特権を有していた。

その特権を、いちいちここに挙げはしないが、主たるものに次のようなものがある。

まず第一に、いかなる場合も天蓋をとる必要がない。というより、とってはならぬ、と掟書きに記されている。

第二には、日本全国、どこへでも往来が自由なのである。

というのも、嘘か誠か、徳川家康から——。


国々の虚無僧は勇士浪人の隠家として、守護不入の宗門である。

との御墨付きがあるそうだ。

要は、戦国期に主家が滅び、扶持《ふち》をなくした浪人たちの、暴発を抑えるための懐柔策であったようだ。

それで虚無僧姿は、しばしば幕府隠密の隠れ蓑にもなっている。

「しかし、偽虚無僧《にせ》では関所ひとつも通れまいに……」

関口は、皮肉を浴びせてやった。

「偽などではないわ。拙者、小金の本山、一月寺に入門いたし、正真正銘、本則と会《え》合印《ごういん》を得ておるわ」

天蓋で表情は見えぬが、熊鷲は傲然と胸を張った。

「なんと……」

普化宗の本山は、下総小金の一月寺と、武蔵青梅の鈴法寺《れいほうじ》、京の明暗寺《みようあんじ》の三寺が江戸幕府から認められていた。

本則とは、その本山が出した身分証明書であり、会合印は、その有効期間を示している。

それゆえ、その二通の書類を所持していれば、それが関所札となり、芝居小屋などには無料で出入り自由なのであった。

「し、しかし……」

くやしまぎれに関口は言った。

「おぬし、尺八は吹けるのか」

「なんの……」

熊鷲は、またも傲然と胸を張り、

「音ぐらいは出せるようになったが、なにも尺八を吹いて布施を集めるわけではないわ。秘密裏に動くのに、これほど便利なものはなかろう。運用の妙は一心に存《ぞん》す、というやつだ。拙者とて、この数ヶ月、いたずらに遊んでおったわけではないぞ」

（ううむ。小憎らしいやつめ……）

茶屋の出床几から立ち上がった関口は、むかっ腹を立てながら、熊鷲の風呂敷包みを小脇に抱え、

「そろそろ行こう。舟が出そうじゃ」

船着き場では、千鳥が舞っている。

4

条吉は、この日も深川の大渡しで霊岸島に渡り、築地を抜けて芝へ出た。

（さて……）

汐留橋を渡りはじめて、条吉はちょっと思案をした。

再び江戸にきて、すでに一ヶ月以上がたつが、旦那から頼まれた探索は、いっこうに捗《はかど》っていない。

春田久蔵という男の行方も知れないし、落合勘兵衛も見つけ出せてはいなかった。

それで、この五日ばかりは、愛宕下にある越前大野藩の江戸屋敷を見張り続けた。

そうすれば、あるいは、落合勘兵衛という、あの若侍の顔を見いだせるかと思ったのだが、それも無駄に終わっている。

（もし落合勘兵衛が、あの大名屋敷の御長屋に居住しているのであれば……）

五日も見張り続ければ、見つかるはずであった。

日がな一日を、愛宕権現横の青松寺《せいしょうじ》門前から大名屋敷を見張り続けるというのは、けっこう苦痛であった。

愛宕権現社を除いたら、まわりが大名屋敷ばかり、というのも、なにやらうっとうしい。

（まだしも、高輪の下屋敷のほうがましや）

海も近いし、気も晴れる。

る。

（また、高輪のほうに戻ろう）

そう決めて、条吉は増上寺の大門前を過ぎ、金杉橋を渡った。

金杉通りを過ぎて芝橋を渡れば、道は右手に大きく曲がり、前方に芝浜が見えてくる。

さらに先の高輪海岸あたりには、きょうも干潟が現われて、潮干狩りの人びとが芥《け》子粒《しつぶ》のように見えていた。

八日前、酔狂にも深川で舟を借り、自分で漕いでやってきたときに舟を預けた船宿の［舟源］は、その芝浜の西の端にある。

そこの船頭たちから条吉は、興味を引く話を二つばかり聞き出していた。

――こりゃ、昨年の春から夏にかけてだがね、ときおり、中間《ちゅうげん》が前金持って舟を押さえにやってきて、さて乗り込む客はってぇと、今どき流行《はや》りもしねぇ〈かまわぬ文《もん》〉の派手な小袖に、揃いの朱塗りの笠ってぇ、珍妙な恰好の三人連れだ。で、行き先はってぇと、これが山谷堀だあ。あれで変装のつもりだったんだろうが、とんだ馬鹿殿ぶりでしたぜ。

――ふうん。

実のところ条吉には、〈かまわぬ文〉というのが、よくわからなかったのだが、その三人の侍が新吉原へ遊びにいったのだろう、くらいの想像はついた。

それでなんとなく、話を合わせたものだ。

――そりゃ、いいご身分だねぇ。いったい、どこの御家中かね。

――決まってらあ。ここらで、そんな馬鹿をやるのは、越前大野の、なんとかいう若さまだよ。最近は少しおとなしくしてるようだが、ここらじゃちょいと有名だ。

――えっ！

条吉が驚いたのも無理はない。

［舟源］から得た成果は、これだけではなかった。

これは、舟番の男から聞いたことだが、昨年の七夕《たなばた》の日に――。

珍しいものを見たという。

というのが、

――七夕というのに、朝から雨が降っていたところに、あれは昼過ぎだったが……そこんところの浜によう、侍を五人だけ乗せた、空荷の五大力船《ごだいりきせん》が着いたんだ。こりゃ、また、どういうことかと見ていたら、そのうち、どこからか荷を積んだ大八車がやってきてよう、なんと大八車ごと積み込んで、行っちまいやがった。ありゃ、いってぇ、どういうことだったんだろうねぇ。

首を傾げて見せた。

五大力船というのは、造りは海船仕立てだが、河川にも入れるように喫水を浅くして、船幅もやや狭くした中型船で、貨客船などに使われる。

そんな話に条吉が反応したのは、ほかでもない。

去年の七夕に……というところに興味を覚えたのだ。

というのも――。

芝浜の鹿島社も過ぎると、条吉の歩く東海道筋は、芝の田町に入る。

その二丁目に［ときわ屋］という煮売り屋があった。

安普請だが規模は大きく、店先に各種の総菜を並べ、竹皮包みの握り飯やら酒の小売りもやっている。

店の半分では土間の上に空き樽を並べ、板を渡したところで立ったまま、盛切り飯も頼めるというような店だ。

向かい側の、魚屋が並んで肴棚町《さかなだなまち》とも呼ばれている裏手は、長い砂浜になっていて、昼どきになると、そこで働く浜人足たちで、人群れができるといった店であった。

「ええ天気でぇ〜」

言って条吉が［ときわ屋］に入っていくと、顔なじみになった売り子の一人が、頬をほころばせた。

「おえ〜、しばらく見んかったなあ。五日ぶりとは、ちゃうぎか」

「ちょこっと、野暮用があってなぁ」

この一ヶ月ばかり条吉は、毎日、この店に顔を出し、なにがしかの菜を買っていく。条吉が春田久蔵の影を求めて、付近の店を総当たりしていたところ、この店に当たった。

――おまえ、越前者かい。

そのとき、条吉の越前訛りに声をかけてきたのが、この中年男であった。越前福井の出だという。

男の話によると、昨年の六月ごろから、毎日この店へ買い物にくる浪人者がいたという。

その浪人者が、旦那から聞いた春田久蔵の風貌に酷似していた。

ちがうところといえば、月代《さかやき》が剃られておらず、五分月代だったというくらいだろう。

それが春田だったろう、と条吉は確信している。

春田は、この［ときわ屋］に毎日九ツ半（午後一時）過ぎにやってきて、昼と夜の二食分の飯と菜を買って帰ったそうだ。

ときどきは臍徳利《へそどくり》をぶら下げてきて、酒を買うこともあったそうな。

ところが七夕の日にやってきたのを最後に、ぱたりと足が途絶えたという。

条吉が芝浜の船宿で、同じ七夕の日に、大八車ごと五大力船に乗せられるのを見た、という話に興味を覚えたのは、このためであった。

しかも春田久蔵が住んでいた三田町の町並屋敷というのは、ここから指呼の距離である。

確たる証拠があるわけではないが、今や条吉のなかには、ひとつの筋書きというようなものが描かれていた。

浅蜊のむき身のネギぬたと握り飯を買った条吉に、同郷の売り子は、小さく首を横に振った。

もしやまた、春田が、この店にやってこないとはかぎらない。

それを確かめるためにも、条吉は、必ずこの店に立ち寄るのであった。

相変わらず、春田は姿を現わさない。

それからさらに条吉は、海べりの道を南下する。

やがて高輪の大木戸まできた。

そこに軒下から、竹竿の先に瓢箪を吊り下げたのを、ぬっと突き出させている店がある。

［ひょうたんや］という一膳飯屋だった。

腹が減っているわけではないが、ここにも条吉は入った。これも、いつものことである。

ここにも、春田と思われる浪人者の影が残っていた。

ここでも昨年の六月ごろから、毎朝五ツ（午前八時）前に、朝飯を食いにくる浪人者がいたのである。

ぱたりと姿を見せなくなったのは、日にちこそ覚えていないが、七月になってからだとは、ここの亭主から聞き出したことだ。

これにもうひとつ、三田町の自身番から聞き出した一事がある。

それは、書役が話してくれた――。

――そうさねえ。さて七夕だったかどうかは忘れたが、ありゃあたしかに昨年七月の雨の日だ。保科《ほしな》さまの御屋敷のほうから、大八車が、すごい勢いでやってきてねえ。なんだか博打打ちみたいな風体のが、四人がかりだったもんで、よく覚えてるよ。

――ほーけぇ。で、その保科さまっていうのは……。

──会津のお殿さまだよ。ほれ、この道の突き当たりの……。

指で示したその道は、まさしく、あの町並屋敷へ続く道であった。

蛇足ながら、この会津の殿さまというのは、保科正経《まさつね》といって二代目だが、初代の保科正之《まさゆき》というのが、おもしろい経歴を持っている。

父は誰あろう二代将軍の徳川秀忠だが、秀忠は後妻の嫉妬をおそれ、手をつけ妊娠させた乳母の侍女を、腹の子ごと見性院《けんしょういん》（武田信玄の次女）に預けて隠してしまった。

こうして将軍の四男として生まれた正之だが、これは極秘のこととされていた。

やがて正之は、信濃高遠《たかとお》藩主の保科正光《まさみつ》の子として養育されたが、十八歳になったとき、初めて実父に会うことができた。

ほかでもない、秀忠がおそれていた後妻が死んだからである。

思えば、まだ大奥もなく、将軍も人間くさい生活を送っていた時代であったろう。

養父が死に、高遠藩三万石の領主となった正之を、異母兄である三代将軍の家光は、大いにかわいがり、やがて正之は会津二十三万石の大大名になる。

その正之が亡くなったのが、わずかに四年前のことで、養育してくれた保科家への恩を忘れず、保科姓を生涯通したが、三代目正容《まさかた》のとき、ようやく松平姓に改姓し、以後幕末まで続く家になる。

5

高輪の大木戸を抜けると、もう江戸の外だが、そこからすぐの下高輪村の一画に、越前大野藩の下屋敷がある。

条吉は下屋敷への道は避け、いつものように〈海上禅林《ぜんりん》〉と風雅な額が掲げられている東禅寺《とうぜんじ》の総門をくぐった。

幕末にはイギリスの公使館が置かれ、攘夷派浪士の襲撃を受けたところだが、寺地へ登っていく参道の右手には〈有喜寿《うきす》の森〉と呼ばれる、鬱蒼とした杜《もり》があった。

条吉は脇目もふらずに坂を上りつめ、境内を突っ切って裏門へと向かった。

その裏門のところから、めざす屋敷の御門が見える。

いつもそうして、見張りをするのであった。

裏門のところの松の根っ子に座り込み、［ときわ屋］で買ってきた握り飯を食ったり、腰に吊るした竹筒から茶を飲んだりしながら、およそ一刻半ほどは見張ったが、きょうも落合勘兵衛の顔には出会わない。

八ツ（午後二時）を報せる鐘が鳴ったのをしおに、条吉は立ち上がった。

裏門を出ると、越前大野藩の下屋敷に沿って榎坂《えのきざか》が続いている。

坂を上って、二本榎のほうへ向かった。

無駄とは思うが、これから三田町の、春田久蔵が滞在していた町並屋敷の様子を見るつもりだ。

下屋敷の裏手からは寺ばかりで、道の両側には門前町が、どこまでも続く。

その高輪台から三田台へと続く高台の道は、ところどころ海を見下ろす絶景の地があって、条吉が大いに気に入っている道でもあった。

やがて聖坂《ひじりざか》を下り、左手の汐見坂《しおみざか》を上って、次を右に安全寺坂を下ると、肥前島原藩の江戸屋敷裏門近くに出る。

めざす町並屋敷は、そのすぐ右側にあった。

塀は簓子塀《さきらこ》で、檜皮葺門というこの町並屋敷を条吉が初めて訪ねてきたのは、越前・森川村から旦那と一緒に江戸に出てきた、もう半年も前であった。

あれから何度やってきたか、もう数えきれないほどである。

（どうせ、無人と決まっているが……）

それでも、やはりやってくるのは、春田久蔵を探す手だてが、ここよりほかはないからだ。

そんな馴れというか、どうせ無人だ、といった思い込みで、このとき条吉には油断があった。

なかの様子を窺おうと、門の隙間に条吉が目を近づけたとき――。

「あっ！」

内側から、勢いよく押し開かれた門に頭を打ちつけた条吉は、たたらを踏んで尻餅をついた。

これには条吉も驚いたが、扉を開いた者も、よほどに驚いたのであろう。

「おのれ、何者だ！　盗人か！」

頭のてっぺんから出るような声で、わめいた。

「とっ、とんでもございません。俺《うら》ぁ……、盗人なんかじゃ……」

尻餅をついたまま、顔の前で両手を交錯させる条吉に、

「おやあ……。うらあ？」

路考茶《ろこうちゃ》の西陣織に、観世水《かんぜみず》の模様が裾に連なる、という、見るからに小粋な単衣《ひとえ》の男が、素っ頓狂な声を出して、

「おい、ちょいと顔を見せてみな」

男が言うのに、条吉はこわごわ手を下ろした。

「おう、その垂れ目には覚えがある。おまえ先月に、八官町《はちかんちょう》の我が屋敷にやってきただろう」

「あ……」

口をぱくぱくさせたあと、条吉は、

「こりゃあ、あのときの……、ええと、大槻《おおつき》さまで」

と言った。

なんのことはない。

条吉が、三田町の自身番所で尋ねたところ、この町並屋敷は、すぐ隣りの肥前島原藩のお抱え能役者である、大槻玄齊《げんさい》という者に与えられた屋敷だという。

さらには、その能役者なら京橋南の八官町に本邸があると教えられ、さっそく条吉は、大槻邸を訪ねたものだ。

あいにく玄齊は留守であったが、三十になるかならぬかという年ごろの、玄齊の伜というのが出てきて、

――うむ。三田町の屋敷か。あれなら、そのころ、米問屋の［千種屋《ちぐさ》］に頼まれて貸しておったがな。

その［千種屋］なら、日本橋南二丁目にあると教えられ、次はそちらに向かった条吉だが——。

——どこの誰とも知らないおひとに、答えることなどございませんよ。

番頭らしい男に、けんもほろろに断わられたものであった。

「まあ、立て。それでは話もできん」

男に言われて条吉は立ち上がり、尻っ端折りにした尻を両手ではたいた。

男の後ろに半ば開いた門から、若い女が顔だけ覗かせている。なかなかの美貌だった。

(ははん)

さては、女を引っ張り込んで……。

(昼間っぱらから、乳繰りあっていやがったな)

などと想像していると、

「それにしても、ここへ、おまえがくるということは……」

能役者の伜は、少し眉間に皺を寄せて、

「なにやら子細《しさい》がありそうな……。うん、［千種屋］では、なにか教えてもらえたか」

「それが、まるっきし。とりつく島もございませんや」

「ふうん。そうか。おそらくは、誰ぞを探しておるのだろうが、その執念からすると、よほどに大事なひとなのであろうな」

「…………」

「これもなにかの縁だろう。子細によっては、いま少し、役立つことがあるやもしれんが……」

「え……」

期待が湧いた。

「名は、なんというたかな」

「へい、条吉とええるでの」

「ええるでの、ときたか。おまえ、在所はどこだ」

「へえ。越前でございます」

「そうか、越前か。ふうむ……。俺はな、新八郎《しんぱちろう》という。こう見えても能役者の端くれだが、ま、見てのとおり、放蕩のかぎりを尽くしておるわ」

言って振り向いた新八郎に、若い女が色っぽいしぐさで、手で打《ぶ》つ真似をした。

そのしぐさといい、ぐるぐる巻きの髪形といい、素人娘だとは思えない。

「ところで、条吉、おまえのヤサはどこだ」

「へい、今は、深川のほうで」

「ほう、深川かい。えらく遠くまできたもんだの。そりゃあ、やっぱり、よほどの執心があると見える。どうだい、深川というわけではないが、これから、この女を高砂町まで送らねばならぬ。札ノ辻近くに舟を待たしておるが、一緒にどうだい」

高砂町といわれても、条吉にはわからないが、なにか新しい手蔓を見つけられるかもしれない。

「へい、では、よろしくお願いを」

「わかった。じゃ、行こうか」

女も出てきて、黒柄《くろえ》の青日傘をひろげた。

やはり、玄人筋《くろうとすじ》だなと思っている条吉に、

「これは、おえんというてな。売れっ子の踊り子よ」

「へえ、踊り子……」

条吉には見当もつかないが、江戸の芸者のはしりにあたる。

三田通りと、芝の田町四丁目が交わる三叉路の角に大高札があって、そこを札ノ辻と呼ぶ。

さて新八郎に子細を尋ねられたとき、なんと答えるべきか……。

条吉が胸算用しながら、新八郎、おえんの二人連れから、数歩下がって海浜の町をついていく。

そのあたり、海べりの土地は武家地で占められている。

「おい。こっちだ」

田町の五丁目あたりで新八郎が声をかけ、ひょいと海側へ入っていった。

そこに船入があって、船頭らしいのが棒杭柱に凭《もた》れて、居眠りをしている。

苦笑しながら新八郎が、

「おい、起きろ」

肩を揺すって起こしている。

旗本屋敷の怪

1

条吉らを乗せた屋根舟は芝浜沖を通り、鷗と海鵜《うみう》が群舞する大海原を進んでいく。

子細のほどは、それらしく創った。

年の離れた妹が江戸に働きに出て、便りに記された居所が、三田町の、あの町並屋敷——。

ところが、その便り以来、ふっつりと音信が途絶えてしまった。

それで心配になって、その妹を探しにきた……。

というような陳腐な作り話を、ぽつぽつ語ると、

「なるほど、そりゃあ心配だな。おまえ、なかなか妹思いではないか」

手もなく、新八郎は信用したようだ。

「ときに、その妹御は、さぞ美人であろうの」

「へえ、俺とは似ても似つかず、村じゃあ、小町娘と呼ばれていたんやけど」

すらすらと嘘《うら》が出る。

「さもあろう」

新八郎は大きくうなずき、

「ときに、越前の……なんという村だ」

思わず条吉はつまりかけたが、ここに恨みしか残らない森川村を出すつもりはない。

特に深い思案があったわけではないが、

「へえ、土布子《つちふご》村というとこです」

大野藩領の村にしておいた。

はたして――。

「つちふご……、ほう変わった名じゃな。いずこの領地だ」

「へい、大野でございます」

「なんと、越前大野か」

思い当たることでもあったか、新八郎はなにやら手応えを見せて、

「うーむ」

考え込んでいる。

そののち――。

「おい、おえん、ちぃと膝を貸せ」

「あい」

おえんがにじるようにした膝を枕に、新八郎はごろりと横になり、腕組みをしたまま条吉に背を向けて、なにも語らぬ。

「…………」

あとは、櫓を漕ぐ音に波の音、にぎやかな鷗の声ばかりであった。

そのまま、どれほどの時間がたったろう。

陽はだんだんに西に傾き、屋根船の板屋根日除けでは追いつかなくなって、おえんは傍らの青日傘をとって半ばほど開き、すぼめたまま肩に短く担ぐようにして西日を避けた。

色白の肌を守るには、そんな努力も必要なのだろう。

(それにしても、佳《い》い女だ……)

条吉が、ときどきありつく安女郎や飯盛女とは、似ても似つかない。

うらやましさを通り越して、今では軽く鼾《いびき》をかきはじめた新八郎が、憎らしくさえ思えてきた。

舟は大川河口から北上をはじめ、右手に石川島を望むころになって、

「もし、新さま。まもなくだよ」

おえんが言うと、

「うむ。そうか。いやあ、よく寝た」

起きあがった新八郎は、大きくひとつ伸びをくれ、ちらと条吉を見た。

「条吉、これから、なにか用向きはあるのか」

「えええ、別段に」

「ふむ。えええ、とは、いいえのことか」

「へい。お聞き苦しいところは、ごめんください」

「よいわさ。なかなかに、鄙《ひな》びた風情じゃ。そうか。用がないなら、しばらく俺につきあわんか」

「へい、承知いたしました、です」

「そう堅苦しく、ことばを改めんでもよいわ。あとで、少し、おまえが執心の屋敷のことを話してやろう」

「へえ」

また条吉に、期待が高まってきた。

おえんは、まもなくと言ったが、舟はまだまだ大川を遡《さかのぼ》り、霊岸島を左に見ながら進む。

右手の深川べりに建つ、条吉が住み処としている深川の寮が、はっきり見えた。

そして航路は三俣中洲の内側に入り、川口橋をくぐって浜町堀に入るにいたって

——。

（ああ、これは……）

条吉の腋下《わきした》に、じっとり冷たいものが滲んできた。

昨年の九月のことだが条吉は、この浜町堀のずっと上手《かみて》にあたる富沢町の居酒屋で、平吉《へいきち》という老船頭と知り合いになった。

偶然ではない。

旦那から、その居酒屋に——。

——平吉というてな。［大坂屋］という薬種問屋が道楽で持つ屋根舟の、船頭を兼ねた舟番だ。その平吉が、ときおり出入りしておるそうだ。おまえ、そやつにそれとなく近づいて、親しくなっておくのだ。

と命じられた次第である。

旦那が、どこから仕入れてきたかはわからないが、

——その屋根舟は、難波町裏河岸に舫われておって、平吉は、そこの番小屋に住んでいるそうだ。なに、いつ舟が必要になるかもわからんでな。頼んだぞ。

そして十月も、あすでいよいよ終わりという日に、旦那は外出先から戻ってくるなり、

——条吉、すぐにも平吉のところへ行ってな、あすいちばんで舟を借りる約束をとりつけてこい。金なら、いくらかかってもかまわぬ。よいな。

そう命じられたのであった。

そういうことのあった、難波町の裏河岸のところまで、新八郎に、おえん、そして条吉を乗せた舟は入ってきた。

よくよく考えれば、あのときに借りた舟というのは……。

いま、条吉を乗せた屋根船と似た屋根船であった。

（こ、これは、いったい……）

どうにも因縁めいた展開に肝を冷やしながら、条吉は、こわごわ難波町裏河岸の奥を覗き見た。

あの屋根船は、そこに静かに舫われていた。

(あの舟で……)

旦那を乗せて、鎌倉河岸につけたあと――。

やがて旦那は浅葱木綿に黒縮緬の頭巾、といった売比丘尼を連れてきて舟に乗せた。

そのあと、旦那が胸をひと突きにして殺した、その女を舟で運び、日暮れまで待って大川河口に捨てたことは、まだ記憶になまなましい。

(ひょっとして……)

ばったり、あの平吉と顔を合わすのではないか。

それに――。

(このまま進めば、やがては富沢町……)

条吉が、幾たびか通って平吉と知り合った居酒屋が、そこにある。

(もしや、俺の顔を覚えているひとと出会うのではないか)

河岸を歩く誰も彼もが、そのように思えてきて、条吉はまともに顔も上げられず、ただ胸ばかりを高鳴らせていた。

と――。

「おい、つい先の橋袂で頼むよ」

新八郎の声に、船頭が舟を寄せたのは高砂橋袂の船着き場である。

その横町は、まことに不思議な空気を醸《かも》す一画であった。

三味線の音がする。太鼓の音もする。浄瑠璃をうなる声が聞こえる。派手な舞台衣装のまま出入りする役者らしいものもいる――。

というような横町で、両側にずらっと二階屋が建ち並んでいる。

一見、裏長屋にも見えなくもないが、横町の道幅は一間半と広い。

さらには一軒、一軒は独立している。

三間四間ほどの二階屋ながら、家の造りも表店並みに、壁や軒裏は漆喰塗で瓦葺き、家と家の間には、ひと一人がなんとか通ることができる、といった猫道つきだ。

現代でいうなら四〇平方メートルほどの土地に建つ一戸建て、といった感覚になる。

条吉は知らぬことだが、ここは吉原旧地で、以前は吉原の江戸町二丁目にあたる。

周囲にそこはかとなく漂う、色めきは、その残り香でもあり、また――。

葺屋町、堺町といった芝居町からも近いため、住むのは売れ筋の芸人たち、あるいはおえんのような踊り子が多い。

「遠慮せずに入れ」

障子戸の先には土間と障子付の坪庭まである。

「おい、帰ったよ」

おえんが声をかけると、

「お帰りなさい、姐《ねえ》さん」

奥から十二、三の小女らしいのが出てきた。

「さあ、上がれ、上がれ」

履き物を脱ぎ部屋を入ると、奥の片隅には鏡台が置かれ、白粉や伽羅油の匂いが、そこはかとなく漂ってくる。

条吉が部屋へ上がるなり、おえんは、

「潮風で、なんだかべとべとする。ちょいと湯屋へ行ってくるよ」

「おう、そうかい。じゃ、［加賀松］あたりで、仕出しでも頼んできな」

新八郎が言うと、

「あいよ。兄《あに》さんの分もいいかい」

「おう、ついでだ、お千代《ちよ》坊の分も頼んでやんな」

「新さま。いつもいつもありがとうございます」

湯屋へ行くというおえんに、手拭いや糠袋を渡していた、千代というらしい小女が礼を言った。

「ところで、寅次《とらじ》の具合はどうだい。今夜あたり、案内を願おうと思ってたんだがな」

「少しはましになったようだが、まあ、あんなものだろう」

短く答えると、手拭いと糠袋を手におえんは出ていった。

「お千代坊、麦湯はあるか」

「はい。冷やしたのがあります」

「じゃ、客人の分も頼むぜ」

「はい」

そのとき、階段を踏む音が聞こえ、男が一人顔を覗かせた。

2

条吉が、少しぎょっとしたのは、その男の顔に発疹があり、赤く腫れ上がっていたからだ。

麻疹《はしか》ならば、〈一生に一度の大厄〉とも言われるおそろしい病で、強い伝染力を持つ。

だが、新八郎は、

「やあ、寅次。少しは腫れも引いたようじゃないか」

「おかげさんで、もう、腕のほうは、このとおり」

先ほどの、新八郎とおえんとのやりとりからすると、おえんの兄で寅次というらしいのが、

「すっかり、元に戻りましたぜ」

袖をめくって、腕を見せた。

「それにしても、漆にかぶれるなんぞ、いったい、どのような山遊びをしたものかの」

「はあて。それがいっこうに、心当たりがございませんのさ」

「ふうん。まあ、いいや。ところで……」

新八郎は右手で壺を振るようなしぐさをして見せて言った。

「今夜あたり……どうかな、と思っておったのだがな」

「かまいやせんぜ。俺もそろそろ、顔を見せとかなきゃ、親分にドヤされる。なあに夜なら、それほど目立ちもせんでしょう」

「そうかい。どうだい、条吉さんも。おまえさんのヤサからも近い深川での手慰み

だ」

　博奕に誘われた。

「へえ」

　今の条吉にすれば、餌の時間にひとがきて、大口あけて待っているのに、なかなか餌が投げ込まれずにいる鯉のような心境である。

　むげには断われない。

「じゃ、ご一緒に、お連れおくんねの」

「そう、こなくっちゃ」

　新八郎は、上機嫌な声を出し、

「じゃあ、寅次。これから、ちょいとこの客人と話があるんでな」

「へい」

　寅次は、再び二階へ戻っていった。

　冷えた麦湯を運んできた、お千代に、あとで冷や酒ももっといで、と言いつけたのち、新八郎は、

「さて、三田町の屋敷のことだったたな」

「へえ」

ようやく、餌が投げ込まれる様子だ。

「去年の何月ごろとまでは覚えてないが、あの屋敷を貸してもらえまいか、と親父に話を持ってきたのは、前にも言ったとおり、［千種屋］という日本橋南の米問屋だ」

「へえ」

「といって、屋敷を［千種屋］が使おうというんじゃなさそうでね。間に入っただけのことだ。ところでよう、条吉さんの妹御だが、江戸に働きに出たってことだったが、ただあてもなく、闇雲に出てきたっていうわけじゃないんだろう」

「へえ……」

条吉は、忙しく考えた。

つい先ほどは、生国の村を尋ねられて、大野藩領の土布子村と答えている。

「つまりは、なにかの話があって、それで江戸にきたのじゃないのかえ」

条吉は答えた。

「へえ、おきぬ、妹の名はおきぬとええるんやけど、村の肝煎りさんから、領主さま御家中の江戸での下働きに、とのお話で……」

すると新八郎は、ぽんと膝を打った。

「やはりな……。おそらくは、妹御……うん、おきぬさんか。おきぬさんを見かけて懸想《けそう》したやつが、江戸で妾に囲おうと考えたにちがいないぞ」

「ははあ……」

新八郎は新八郎で、勝手な想像をめぐらせていたらしい。

「というのもな。［千種屋］が間に入った相手というのが、どうやら、越前大野藩の家老らしいのだ」

えっ、と出かかる声を、条吉は抑えた。

「［千種屋］というのは、越前あたりの米を一手に引き受けておる米問屋でな。なんでも、新任の家老とかいうのが江戸に赴任してきて、すぐにも、あの三田町の屋敷を借りたいと望んだのだそうだ。なにしろ、越前大野の下屋敷というのは、あそこからすぐ近間だ。妾を囲うには、便利な場所ではないか。まあ、これは親父の受け売りだがな」

なるほど、大槻玄齊は、そんなふうに考えていたのか、と条吉は思った。

それにしても、ここに越前大野藩が出てくるとは思いもしなかった。

（すると、旦那は……）

あの三田町の屋敷には、旦那もしばらく滞在したように聞いている。

さらに旦那が探せ、と命じた落合勘兵衛も、その家中だ。

そんなこんなを考え合わせると——。

かつて旦那は、さる家中の奉行の家に生まれた、というようなことを話していたが、その家中とは、まさに越前大野藩なのではないか。

などとも思いはじめた条吉だが、

（いや、そんなことは、どうでもいいのだ）

今や旦那とは、同行二人《どうぎようににん》、行き先も見えない無明の道を歩いているのであった。

いつか、新八郎と条吉の間には、酒を満たした提《ひさげ》銚子と、小ぶりな湯呑みが置かれている。

小女が注いでいったらしい湯呑みに手を伸ばし、条吉は一気に呷《あお》った。

「うん、飲め。さあ、飲め」

新八郎が提《ひさげ》から酒を注ぎ、

「…………」

口をもぐもぐさせているところを見ると、なにやら話したい、しかし話しにくい、というふうに条吉には思える。

それで、条吉も提を手にして、新八郎の湯呑みに酒を注ぎ入れながら、水を向けることにした。

「なにを聞いても、驚きません。知っていることは、みんな、聞かせてやっておくんねの」

「む、いや、そうか。ふむ……。じゃあ、心を静めて聞いてくれ。気の毒には思うが、あるいは、おきぬさんは、もうこの江戸にはおらんかもしれぬ」

「と、いいますと」

「なにがあったかはわからん。だがな、あれは去年の六月ごろだったか、あの三田町の屋敷について、調べにやってきた岡っ引きがいた」

「岡っ引き?」

「それも火付盗賊改役の手下だった。おまえは知らんだろうが、この火盗というのは鬼よりこわい。おまえも、あまり深入りはせんほうがよい」

「ははあ……」

なにがあったのか。

「[千種屋]が、用済みになりましたので、三田町の屋敷をお返しします、というてきたのが、それからふた月後の八月になってからだ。もしかしたら、三田町の屋敷に関わる者が、なんぞしでかしたのかもしれん、とも考えてな。しかし、これといった噂も聞こえてこんし、おそらくおきぬは、なにかに巻き込まれたのであろうが、無事に江戸を逃げ出したのであろうよ」

「ははあ……」

まさに、春田久蔵が消えた時期に相当するではないか。

だんだんに薄暗くなってきた部屋で、条吉は、無言で酒を啜りながら、小女の千代が行燈《あんどん》に、火を入れはじめたのをぼんやりと見ていた。

3

前夜に続けてその夜も、落合勘兵衛は若党の八次郎を連れて、花川戸の［魚久］の客となった。

昨夜は久助親分から、あの赤児は安五郎という船頭が、船河原町に舫っておいた舟に、知らぬ間に置いていかれたもの、と聞かされていた。

その後のことが、気になったのである。

「いや、それが、どうにも奇妙な成り行きになりやして……」

浮かない顔で、久助が言った。

昨夜と同じ、一階奥の小部屋である。

「なにから話せばよろしいものか。うん。まずは、市ヶ谷田町三丁目の裏通りに、よしの、という名の女が住んでおりやして、これが実は、さるお旗本の妾《めかけ》でございましてね。昨年の四月に、男の子を産んだそうでございます」

「おう、それが……」

「へい。しかし、ここからが、どうにもおかしな具合でございやして……」

よしのが住む家の大家によると、その家を借りたのは、市ヶ谷御門外、土手三番町に屋敷を構える小笠原久左衛門《おがさわらきゅうざえもん》という千二百石の旗本だった。

それが二年前のことで、当時十九歳のよしのと、おひろという名の十五歳の小女の二人暮らしがはじまった。

もちろん、折折に小笠原もやってくる。

「ところが、二月も半ばになって、大家のところへ、小笠原家の用人というのがやってきまして……」

赤児も無事に育ったゆえ、近く母子ともども本邸へ引き取る所存である。それで、三月いっぱいで貸し家の約定を戻したい、との申し入れがあった。

「ただし、時日もはっきりしておらんので、このことは、まだよしのの耳には入れぬように、との御沙汰であったようで」

「ほほう」

「で、この六日のこと、供侍もついた立派な塗駕籠が夕刻にやってきて、よしのは赤児を抱いて、その塗駕籠に乗った、と大家は申します」

「なんと……。それでは……」

「へい。相手が旗本となれば、こりゃもう、確かめようもございませんが、問題は、小女のおひろでございやす」

「どうかしたか……」

「へい。どうしたものか、あるいは外出中であったのか、大家は塗駕籠の供に、おひろの姿は見なかった、と言っておりやして……」

「ふうむ」

ま、それほど不審な点はない。

あるいは、よしのには前もって、屋敷入りの話があって、おひろに暇を出したとも考えられる。

「奇妙なのは、ここからでございやすよ。実は、赤児が生まれて以来、その小女が子守女もやっていたのでございやすが、つい昨日のこと、深川の一心寺という無住の寺で、陵辱のうえで絞め殺された、若い娘の死体が出たそうでございやす」

「なんと……。まさか」

「へい。まだ確認がとれたわけではござんせんが、どうも、これが……。そのおひろのようなフシがございやしてね」

なるほど、奇妙な話である。

「大家によれば、よしのというのは、本名をおよしといいまして、麹町三丁目にある紙問屋、［和泉屋］忠右衛門《ちゅうえもん》の娘だと聞きまして、さっそく足を伸ばしてまいりやした」

「ふむ」

「忠右衛門の話では、娘のおよしを行儀見習に、旗本屋敷で女中奉公をさせたところ、それに当主の手がついて懐妊といった次第……。それでおよしが務めていた、市ヶ谷・馬場前（土手三番町）の旗本屋敷を出て、田町三丁目で暮らすことになったときにつけたのが、そのころ［和泉屋］で下女奉公をしていた、おひろだったと申します。もちろん、おひろは［和泉屋］には戻っておりやせんでした」

「なるほど」

「ところで、忠右衛門は、およしが赤児ともども本邸に移ったと聞いて、大いに驚きやしてね。寝耳に水、だったようでございやすよ」

「そりゃ、おかしな話ではないか」

「そうで、ございやしょう。実は、おかしなことが、もうひとつございやして。というのは、七日……、およしを本邸に連れ帰った翌日のことなんですが、［和泉屋］のまわりを中間ふうの男がうろついて、小僧や小女なんかをつかまえて、きのう……、つまり、六日のことでございやすが、なにか変わったことはなかったか、などと聞き歩いていたと言いやすぜ」

「ふうむ……」

たしかに、変な話だ。

「忠右衛門は、そのことを番頭から聞いて、気味悪がっていたそうで。そこに、およしのことを耳にして、もう、いてもたってもいられねぇってことになりやして、すぐにも小笠原の御屋敷を訪ねてみる、と言いやすもんで、［和泉屋］のほうには、手下の兼七を残しておきやした。おっつけ、首尾を持ち帰るはずでございやすが……」

「まだ、なにかありそうだな」

「へい。これも［和泉屋］から聞いたことでありやすが、旗本の小笠原久左衛門というのは大御番の……、一番組の組頭だそうで、実はこのたび京在番となりやして、支配の大御番衆を引き連れて京へ旅立ちやしたのが、今月初めのことだったと言いやしたぜ」

「なに、今月の初めか。それは……なにやら匂うではいか」

「そうでございやしょう」

ぷんぷんと匂う。

大御番というのは将軍御先手の軍隊で、十二組ある。それぞれの大御番頭の下に四人の組頭がいて、番頭を補佐し大御番衆を指揮する。

すでに戦《いくさ》も絶えたこの当時、大御番衆が主役となるのは、京の二条在番と大坂在番の上方在番であった。

いずれも一年交替、それが輪番でおこなわれる。

一年余の留守をするので、愛妾と我が子を本邸に入れ、身の安全を確保しておこう、というふうに小笠原が考えたとしたら大いに首肯できる。

しかし、それなら、まだ小笠原が江戸にいるうちに……と考えるほうが自然であった。

ところが、小笠原家からの迎えの駕籠は、どうやら当主が京へ旅立った直後のことのように思える。

（まるで、当主の旅立ちを待ち受けていたかのような……）

さらには、小笠原家の用人が前もって大家に、そのことを告げていながら、一方では――。

時日がはっきりしないので、そのことはよしの（およし）の耳には入れないように、と口止めとも思える言辞を弄しているのが、勘兵衛には不自然に思えた。

くわえて、およしと赤児を屋敷に移した翌日には、中間ふうの男が［和泉屋］の周辺を探っていた……。

（裏に、なにかありそうな……）

熱心に、勘兵衛と久助の話を聞くふりをしながらも、相変わらず食欲旺盛な八次郎をちらりと見やり、勘兵衛も酒を含んだ。

4

「ところで、深川の……、一心寺というたか？」

勘兵衛が話題を転じると、

「へい。そちらのほうは、殺された娘の顔改めに、［和泉屋］の手代が深川まで出向きました。こちらは、本庄奉行の岡っ引きをつとめておりやす、仁助という者が連れていきやした」

「なに、仁助……［瓜の仁助］のことか」

横っちょでは、八次郎が目を丸くしている。

「おや、落合さま、［瓜の仁助］をご存じで」

六地蔵の親分も、驚いた声になっている。

「うむ。ひょんなことからな。そうか、深川のほうの事件は、あの仁助が背負《しょ》ってお

るのか」

「へい。若《わけ》えが、なかなか骨のあるやつでございやすよ」

(そう、スッポンのようなやつだ)

食らいついたら最後、どうでも離さない仁助の気性は、昨年に、本庄（本所）で斬

り殺された永井鋭之進《ながいえいのしん》の事件に関わって知っている。

そのとき、

「ちょいと、ごめんなさいよ」

廊下のほうで、女将のおさわの声がして、障子が開けられた。

おさわは、勘兵衛と八次郎に均等に頭を下げたのち、

「おまえさん。兼七が戻ってまいりましたがね」

と小声で言った。

「おう、そうかい。かまうことはねえ。こちらに連れてきねぇ」

「わかりました」

やがて、三十そこそこであろうか、いかにもはしっこそうな顔つきの男が、小部屋にやってきた。

「ご苦労だったな。うん、この方たちなら、かまわねえ。ほれ、座敷に上がらせてもらいな」

久助が言って、簡単な紹介をすませたのち、

「で、どうだったい？」

「へい。［和泉屋］の旦那が旗本屋敷から戻ってきて言うには、小笠原家の用人というのが出てきて、確かにこの六日、およしの母子《おやこ》を、駕籠にて迎えに行ったけれど……」

いざ屋敷に連れ帰ったところ、胸に抱いていたはずの赤児は、まがい物で、座布団を丸めたものを、それらしく見せかけていたという。

「なんだとぅ」

久助の声が、少し大きくなった。

用人の名は、山本喜代蔵《やまもときよぞう》という。

山本が言うには、母子を本邸に迎えるにあたっては、前日によしのに伝え、そのうえで駕籠で迎えに行ったのだが、よしのは、なにやら勘違いをしていたようだ。

それで混乱したよしのが、そのような行為に走ったのではないか。

それで諄諄と日にちをかけて、本邸に母子を迎えた真意を告げて、赤児の行方を尋ねたところ、ようやく、赤児はさるところに預けているので、自分が迎えに行ってくるという。

では、供の者をつけようと言ったのだが、よしのは、頑として自分一人で迎えに行くと言い張る。

そう言い張るからには、まだよしのの内には誤解が解けておらぬようで、供を無理強いしては、かえってこじれると考えて、よしのの好きにさせることにした。

兼七は続ける。

「で、よしの、いや、およしさんが馬場前の屋敷を出たのが、今月の十日、それきり戻ってこないので、あとしばらく待って変わりがなければ、こちらから［和泉屋］のほうへ問い合わせるつもりだった、ってぇこって。へえ」

「そんな、べらぼうな話があるもんかい」

吐き捨てるように、久助が言った。

「もちろん、［和泉屋］の旦那も、納得がいかねえ、これは、およしと孫の身に、とんでもねえことが起こったにちげえねえ、と、すっかり窶《やつ》れたご様子でござんした。そのうえ、頭に血も昇らせて、こうなりゃ、評定所にでも目付衆にでも訴え出る、なんぞと言いだすもんで、この段階で、そんなことをしても取り上げてはもらえないし、下手すりゃ、逆にお咎めを受けますぜ、って、なだめるのに、ちょいと苦労をいたしやした」

「おう、そりゃ、おめえ、よくやった。よしよし、うん俺も明日《あす》にでも［和泉屋］へ顔を出して、もう一度、忠右衛門に釘を刺しておこう。いや……それにしても……」

久助は、考え込んでいる。

勘兵衛は、黙って二人のやりとりを聞いていたが、ふと閃《ひらめ》いたことがある。

それは勘兵衛が、御耳役という役について以来、いろんな御家内部の、どろどろした内紛に、心ならずも関わってきた経験から出た発想であった。

「兼七さんと、言われたな」

「へえ」

「うむ。ほかに［和泉屋］は、なにか言わなんだか。いや、小笠原久左衛門どののことじゃ。もちろん、ご子息や娘御がおられるのであろうな」

「あ……」

兼七は、ぽかんと口を開け、

「そう。旦那が言ってなすったな。なんでも、小笠原の家では、去年の秋に、一人きりの嫡男を病で亡くしたそうな。それで、もしかすると、我が孫が千二百石の旗本になるやもしれぬと、喜んでおったのに、というようなことを言っておりやしたぜ」

「ううむ。そうか……」

勘兵衛が大きく納得をしていると、

「ええと、落合さま」

久助が、小首をかたむけながら尋ねてきた。

「そういたしやすと、およしが産んだ男児が、小笠原の家には大事《でえじ》な跡取り……。およしは、そのお腹さまだ。それをまさか、害しようなどとは考えられやせんが……」

「うん。そこだ。普通はそうだが、そこには、また、それぞれのちがった思惑というものがあってな。それで、御家騒動というものが起こるのだ」

「ははあ、御家騒動……」

「うん。いや、そういう拙者とて、小笠原家の内情は、なにも知らずに言うのだが、もちろん、当主の久左衛門にすれば、昨年の秋に嫡子を亡くし、このまま正妻との間に男児に恵まれなければ、当然、およしに生ませた子を跡目にせねばならぬ、と考えていたはずだ。しかし、そうはさせじ……と考えている者が、いたとしたらどうだ」

「ううむ……、あ、もしや奥方が？」

久助も、ようやく勘兵衛の推量に気づいたようだ。

「そうか。じゃ、用人もぐるだ。それで亭主が京に旅立ったのを待ってやした、とばかりに……てぇ寸法ですね」

おそらくは、およしと赤児を、密かに亡き者にしようと企んだのだが、賢明にもおよしは、それを察した。

それで、赤児と見せかけ、座布団を丸めたものを胸に抱いて……と、勘兵衛は先走りをはじめていたが――。

一口、酒を飲み、勘兵衛は気を落ち着かせてから、こう言った。

「というて、今のところ、なんの証拠もない。ま、畳の上の水練のようなものだ」

「へ、うまいことをおっしゃる。なるほど、畳の上の水練、か――。へい、こうなりゃ、意地でも、その証拠とやらを見つけてみましょうかい」

「うーん」

勘兵衛は、思わず自分でも情けない、と思えるような、溜め息に似た声音を出していた。

「おや。落合さま、えらく滅入《めい》ったご様子で」

「いや。すまぬ。なにしろ相手が、御目見《おめみえ》の旗本だったのでな」

さすがに、おまえたちの手には負えまい、とは言えなかった。

もちろん、一介の地方大名の家士にしかすぎない勘兵衛とて、手出しができる相手ではない。

「無理は承知で、やるだけのことは、やってみまさあ」

その面上に、なみなみならぬ決意をみなぎらせながら、久助は言った。

「では、なにかわかったら、面倒でも耳に入れてくれるか。もちろん俺も、ときどきは客で顔を出すがな。ところで親分……。となると、あの赤児……」

「へえ、まずまちがいなく、そうでございましょうな」

「ところで〔和泉屋〕のほうではどうなのだ。自分の孫なのだから、特徴だけでも判断がつきそうなものだが……」

「おっしゃるとおりで。しかし捨て子の話を詳しくする前に、〔和泉屋〕さんが頭に血を昇らせてしまい、これから小笠原の家に乗り込むって言いはじめやしたもんで……」

「ふむ。まだ詳しくは話しておらぬのか」

「へい。この兼七にも口留めしておきやした。もう少し落ち着かれてからのほうがいいような気がいたしやしたもんでね」

「それはいい判断だったな」

小笠原の家で、頭に血を昇らせた〔和泉屋〕忠右衛門が捨て子のことを口走ったりすれば、事態はもっとこじれたものに変わっていくかもしれなかった。

そろそろ〔魚久〕を出ようかと勘兵衛が考えているところに、

「たびたび、あいすみません」

再び、障子の向こうから女将の声がかかった。

「どうしたい」

久助が尋ねるのに、

「はい、本庄・二ッ目之橋の仁助さんというひとが、おまえさんを訪ねておいででございますよ」

「おう！」

久助が勘兵衛に視線を送ってきたのに、勘兵衛は顎を引いた。

「じゃあ、こちらへ案内してやってくれ」

「かしこまりました」

やがて、おさわの案内で［瓜の仁助］がやってきて、

「おや、こいつぁ」

勘兵衛を認めて、目を瞠《みは》った。

「奇遇だな。仁助さん」

「へい、驚きやした。しかしまた、どうして落合さまが……？」

「いやな……」

返事は久助が引き取って、

「ほら、例の赤児を拾われたのが、この落合さまよ」

「そりゃ、また……。へへえ、とんだご縁でございやすねえ」

「いや、まことに……。とにかく座敷に上がってくれ。とりあえず、酒でも飲まぬか」

言った勘兵衛に、

「じゃ、おことばに甘えて……。とんだ遅間に、お邪魔しちまって、申し訳ござんせん」

勘兵衛は、八次郎の盃を取り上げ飲み干してから仁助に手渡し、銚釐《ちろり》の酒を満たしてやった。

「こりゃ、どうも。いやあ、はらわたにしみこみやす」

盃を、くいっと一息で空けたのち、

「さっそくでございやすが、一心寺のほとけのことで」

「ああ、どうだったい」

久助が尋ねた。

「ああ、やはり、おひろだったよ。［和泉屋］の手代が、死に顔を見てまちがいねえと証言した」

「そうだったかい」

「おひろの実家は、亀戸《かめいど》村の阿弥陀向《あみだむこう》というところの百姓家だそうだ。［和泉屋］の手代が、さっそく知らせにいきやしたが……」

「そうかい。さぞお嘆きのことだろうよ。ところで、［和泉屋］の旦那のその後のことだ」

久助は仁助に、手下の兼七が持ち帰った情報を話しはじめている。

それぞれの行方

1

――四月の声を聞くと衣替えで、町行くひとの装いが、がらりと変わった。

季節は、夏に入ったのだ。

あれから勘兵衛は、四日に一度ほどの割合で［魚久］へ通っている。

［六地蔵の久助］は、大御番組頭、小笠原久左衛門の周辺を、しぶとく探って、まるで薄皮を剝ぐように、こつこつと収穫を集めていた。

一方、これは十日ばかり前のことだが、［瓜の仁助］は、ついに下手人とおぼしき者をあぶり出していた。

下手人は、漆にかぶれているはずだ……。

そのような目算を立てて、手下や香具師たちに号令をかけていたところ、その網にかかった。

昨年には仁助の人となりに不安を覚え、勘兵衛は猿屋町の町宿を教えなかったものだが、今回は教えている。

仁助は、その首尾を花川戸の久助に伝えに行った帰りに勘兵衛を訪ねてきた。

――あたけ裏の、〈大日長屋《だいにちながや》〉に住む寅次って野郎なんですがね……。

将軍の御座船である安宅丸《あたけまる》は、あまりに巨大すぎて御船蔵には入りきらない。

そこで船蔵横に入堀を造って水に浮かべ、太さが二、三尺もある鉄の大鎖《おおぐさり》、五十条で繫ぎとめていた。

その安宅丸の入堀の裏側あたりを、あたけ裏というのである。

また御座船には、船内守護の大日如来が鎮座している。それでひと呼んで〈大日長屋〉といわれているらしい。

――水夫《かこ》くずれや、巾着切《きんちやくき》りに博打打ちと、お天道《てんと》さまを、まともには見られねえような連中ばかりがたむろしているところでござんすがね。へい、寅次も、おっつかっつの小悪党でござんすよ。

元は、小名木川に沿って建つ、備前岡山藩三十一万五千石の下屋敷の船方中間であ

ったが、

——殿さまが殿さまなら、中間だって、というわけではござんせんでしょうが……。

博奕好きが昂《こう》じて、ついには下屋敷脇のひっこみ町に住む、深川の顔役である彦蔵の手下になったという。

ちなみに仁助が、〈殿さまが殿さまなら〉というのは、備前岡山藩、二代目藩主である池田綱政《いけだつなまさ》のことだ。

父、光政《みつまさ》の隠居により、藩主の座について、もう五年目だが、実際の藩政は父に牛耳《ぎゅうじ》られ、その反動もあったのか、これがとんだ女好きで——。

〈女と見れば、見境なく手を出す殿さま〉と深川あたりでは有名で、綱政の駕籠を見かけたら、たちまちに大年増の女までが身を隠した、と言われるほどだ。

噂が、さほど大げさでない証拠に、綱政は、なんと生涯に七十人以上の子を作っている。

それはともかく——。

「…………」

笑い話のように言う仁助の綱政評を聞きながら——。

(他人事《ひとごと》ではない)

他山の石と、せねばなるまい、などと勘兵衛は、切実に思っている。
ほかでもない、勘兵衛の主家の若殿である松平直明《なおあきら》は、勘兵衛と同い歳の二十一歳であるが――。
幕府の隠密が、大名たちの人物評をのちにまとめた、『土芥寇讎記《どかいこうしゅうき》』という記録には、次のように述べられている。
曰《いわ》く――。

直明、文武共に学ばず、剛強の勇気、甚だしく――略――人を殺す料《とが》に過ぎ、法に越えたる――略――美女あまた抱集して、淫乱に長じ、且つ舞曲を好む――後略――

これに対して、先の池田綱政のほうはというと――。

綱政、生得魯《ろ》（おろか）にして――略――行跡正しからず。昼夜酒宴・遊覧を心として――略――女色を好むこと倫《りん》を超えたり――後略――

といった具合だから、仁助ではないが、両者はおっつかっつの人物に思える。

いや、直明のほうが、怒りにまかせて家来を手討ちにする、といった不法があったから、まだ始末が悪い。

今は、勘兵衛の親友でもある伊波利三《いなみとしぞう》と塩川七之丞《しおかわしちのじょう》が、直明の付家老と小姓組頭となって、しっかり警戒を怠ってはいないが、いつ、どのような事態が起こるともしれなかった。

(やはり、なんであろうな)

嫡男の不出来を知っていて、大殿である直良は七十三歳という高齢にもかかわらず、どうしても直明に跡目を譲れずにいるようだ。

一方では――。

一応は隠居というかたちを取りながら、文武両道で名高い池田光政が、嫡男の綱政に藩政をまかせられないのも、同様の事情なのだろう、と勘兵衛は思う。

実は勘兵衛に与えられた、御耳役という役柄は、いわば江戸留守居役である松田与左衛門《まつだよざえもん》の補佐役である。

改めて書くこともないが、江戸留守居役の本分は幕閣工作にある。

幕府の権力は強大で、本来は幕府の予算でおこなう城の改築や公共事業などを、各藩に振り分けてくる。

その賦役《ふえき》から逃れるために、あらゆる手を使って諜報活動をおこない、なおかつ裏工作もおこなって、賦役を免《まぬか》れるのが仕事だ。

これより三十五年後の元禄十四年（一七〇一）、赤穂藩主の浅野長矩《あさのながのり》が江戸城、松の廊下で高家吉良義央《こうけきらよしひさ》に対して刃傷《にんじょう》を起こした。

この浅野長矩、三年前に父を喪《うしな》い、昨年の三月になって、わずか九歳で赤穂藩三代目家督を継いでいる。

さて、それ以来――。

まずは江戸神田橋御番にはじまり、朝鮮通信使饗応役《きょうおうやく》に任じられ、続いて勅使饗応役、大名火消役と立て続けの賦役を課せられている。

そしてまたも、二度目の勅使饗応役に選ばれた。

このとき、饗応指南役についたのが吉良義央であったのだが、それより三年前の江戸の大火で、鍛冶橋にあった吉良邸が全焼している。

そのとき、火消しの指揮をとっていたのが浅野長矩であったから、吉良は自分の屋敷を守れなかった浅野を快く思っていなかった、ともいわれている。

話が、思わぬほうに流れた。

要は、浅野家の江戸留守居役が、あまりに無能だったと言いたかった。

江戸留守居役の手腕次第では、大名家の経済は大きな痛手を蒙り、赤穂浅野家のように、御家取り潰しの元凶にもなりかねない。

ところが勘兵衛の越前大野藩の場合、ただ単に賦役を逃れること以外に、若殿の行状を幕閣の目から隠す、という仕事までが加わっている。

それで、勘兵衛の御耳役というのは――。

幕閣を含めた、あらゆる方面から、若殿に関する噂を集め、いざなにごとか起こったときの火消役のようなものなのである。

ここ当面は、若殿の不出来に乗じられ、大老の酒井忠清、越前大野藩の本家筋でもある越前福井の松平昌親、そして親戚筋である越後高田藩の首席家老である小栗《おぐり》美作《みまさか》――。

この三者が結託して、直明を廃嫡させようという計画が、ひそかに進められつつあった。

思えばのちに起こる、越後騒動。

それは、二年前の延宝二年（一六七四）に越後高田藩主である松平光長《みつなが》が、たった一人しかいない嫡男を病で喪ったことにはじまる。

そこで重臣が集まり評議の結果、光長の甥にあたる永見万徳丸《ながみまんとくまる》を世継にすることが決まったが、これに不満を抱く光長の異母弟である永見長良《ながよし》の存在があった。

そこで家老の小栗美作は、越前大野藩に目をつけて、この永見長良を押しつけようと謀っているのであった。

御耳役としての勘兵衛には、その計画の阻止こそが焦眉《しょうび》の急の問題であった。

2

さて、仁助の話を聞いて勘兵衛は、

――そうか。その寅次という者、元は船方中間であったのか。

――さようで。つまりは、舟を操れるということでござんすよ。

仁助は、鼻をうごめかした。

勘兵衛は実見していないが、一心寺は小名木川沿いにあって、殺されたおひろは、いずこからか舟で運ばれたものと思われた。

しかも、一心寺からすぐ目前が、備前岡山藩の下屋敷だという。

土地鑑があって、舟を漕げ、しかも近ごろに漆かぶれをしていた、という寅次は

——。

（うむ、まさに怪しい……）

勘兵衛も、そう思った。

——さらに、野郎。〈大日長屋〉の連中にあたったところ、顔をぱんぱんに腫れ上がらせてから十日ばかり、ぷいとヤサから姿を消していたって言いやすぜ。ただね……。

——どうした？

——へえ、寅次の腫れ上がった顔を見たのが、三月の八日だったって、言うんでさあ。つまり、前日までは、そうじゃなかったってんで……。

仁助の考えでは、おひろが殺されたのは、およしが旗本屋敷に連れ去られ、さらには赤児が安五郎の川舟に置き去りにされたのと同じ、三月五日のことだと考えている。

それで、勘定が合わねえ、と首をひねっていた。

——なに、勘定なら合うぞ。漆に触れたからといって、すぐにかぶれるものではない。

実は勘兵衛も少年のころ、伊波利三と塩川七之丞の三人で野山に遊び、うっかり漆に触れたことがある。

伊波だけはなぜか症状が出なかったが、漆かぶれがもっともひどくなったのは、塩川も勘兵衛も二日ののちだった。

――そうですかい。そりゃいいことを聞いた。

さっそくにも、寅次の野郎をふんづかまえて、泥を吐かせてやると息巻いた仁助だったが、そのとき同行していた手下の辰蔵が、必死の形相でとめた。

――寅次は、あのひっこみ町の彦蔵の子分ですぜ。うっかり乗り込んじゃあ、それこそ血の雨が降りますぜ。

――なに言いやがる。おめえ、臆病風に吹かれたか。

――そうじゃ、ねえ。いきなり乗り込むんじゃなくて、寅次一人のときを狙っても遅くはねぇでしょうって言ってるんだ。

その辰蔵の様子が、ただならないので、

――まあ、待て。そのひっこみ町の彦蔵というのは、なんだ。

勘兵衛は尋ねた。

小名木川の畔《ほとり》、備前岡山藩下屋敷の東に、袋小路の道がある。

それでひっこみ町と呼ばれているが、その袋小路の途中に満穂《みつほ》稲荷というのがあるのちの、海辺大工町裏町にあたる。

その稲荷社横に住む彦蔵は、元は漁師だが荒くれ男で、三十人ほどの子分を抱える深川の顔役であった。

さらには用心棒と称する、不穏な浪人者も何人かいるそうだ。

では、そのような男が三十人もの子分を抱え、浪人者まで用心棒に雇う金がどこから出てくるかというと……。

——近間《ちかま》の寺やら、旗本の中間屋敷を借りて、賭場を開いてやがるのでさあ。

そんな男が、仁助同様に本庄奉行の岡っ引きも務めているそうだ。

しかも一心寺の事件《ヤマ》は、本来なら彦蔵の縄張内《シマ》であったのを、本庄地区が担当の仁助が横取りしたかたちになっている。

さらには彦蔵と仁助は不仲で、対立関係にあるという。

——だから、もう……。

彦蔵が怒って、いつ喧嘩《でいり》をしかけてきてもおかしくない状況なのだと辰蔵は言う。

——そんなところへ、その彦蔵の子分である寅次を仁助が捕らえたりしたら……。

血を見ること必定《ひつじょう》だ……と言うのであった。

——馬鹿野郎、そのくらいのことで手を引いちゃ、［瓜の仁助］の名がすたらあ。

いきり立つ仁助だったが勘兵衛は、

——まあ仁助さん、ちょっと待て。おまえさんの気持ちはわからぬではないが、仮に、その寅次がおひろを殺した犯人だとしても、その寅次と、市ヶ谷の旗本屋敷との間に、どのような繋がりがあるのか、というところまで踏み込まなければ、こりゃ、すべてを解明したことにはならぬぞ。

猪突猛進ぶりをいさめた。

——そんなもの、寅次を痛めつけて泥をはかすのが、いちばん早い。

——馬鹿を申すな。たとえ寅次がすべてを自白したからといって、それでどうなる。相手は旗本だ。およしや、赤児のことはどうなる。いま少し、六地蔵の親分の調べを待って、それからでも遅くはあるまい。

——ふむ……。

仁助は、少し落ち着きを見せた。

——もちろん俺だって、亢龍《こうりゅう》悔いあり。進むを知って退くを知らず、っていうんじゃねえや。でもよ。結局のところ、旗本にまでは手を出せねぇんじゃねえのかい。

さすがに香具師の小頭だけあって、易経《えききょう》六十四卦まで持ち出して言った。

——そうともかぎらぬ。必ずや策があるはずだ。

——ははあ、策？　どのような策ですかい。

——そこまでは、まだ、わからぬ。ただな……。その後に久助親分の調べで判明したことは、聞いておろうな。

——へい。まずは、小笠原家の用人というのが、真っ赤な偽物で……。

そうなのだ。

たしかに小笠原家には、山本喜代蔵という用人はいるが、その山本は当主久左衛門が京在番となったのに従って、江戸を留守にしていた。

では、山本に化けていたのは誰かというと、これが同家の若党である、室田兵蔵《むろたへいぞう》だったと判明している。

これで、船河原町に住んでいた、およしと赤児を、本邸に入れるため塗駕籠で迎えに行ったという筋立てが、尋常とは思えぬことが証明された。

いまだ全貌は見えてこぬものの——。

(俺が拾った、あの赤児……)

まちがいなく、およしの子であろう、と勘兵衛は確信している。

ただ全貌を明らかにするには、あと一歩の進展が待たれるところであった。

勘兵衛は、仁助に言った。

——小笠原久左衛門の奥方は、八重《やえ》というそうだが、まだそれ以上のことはわからぬ。実家が、どのようなところか、裏に、どのようなからくりがあるのか、久助親分は小笠原家に知られぬよう、そのあたりをひそかに調べておるところだ。それさえわかれば、必ずや策は見つかる。いや、俺が見つけてみせる。

そう言いきった勘兵衛に、ようやく仁助も、

――わかりやした。今しばらく待ちやしょう。

と言った。

――そうしてくれ。それより先ほど聞いた彦蔵のことだ。深川の寺や旗本屋敷で賭場を開いているそうだが、それにまちがいはないか。

――へい。とんでもねえ野郎で。

――よし、仁助親分、そのあたりをな。できるだけ詳しく調べてみてはくれぬか。

と、いうことになった。

そして、それから十日もたたぬうちに、仁助は彦蔵の賭場や日時を詳しく調べ上げてきた。

二日前のことだ。

永代嶋の木場の東のほうに肥前島原藩の抱え屋敷があって、その南方に四つの寺が並んでいる。

そのひとつ、浄蓮寺《じょうれんじ》においては七のつく日に彦蔵が頭取で、丁半博奕の賭場が開かれる。

また五と九のつく日には、深川五間堀近くの旗本、島田権三郎《しまだごんざぶろう》の屋敷の中間部屋で賭場が開かれる。

五ツ（午後八時）どきから賭場が開き、夜を徹して七ツ半（午前五時）には閉じるそうだ。

——なんと、月の内に九度もか。

その大胆さに、勘兵衛はあきれた。

博奕は幕府がたびたび禁令を発し、当初は斬罪のうえ獄門、あるいは磔《はりつけ》と極刑を与えていた。

近ごろは、刑がややゆるやかになったが、それでも頭取は死罪や、軽くて遠島であった。

月に九度もとなると悪質とされて、死罪は免れないだろう。

——へい。なにしろ寺や、旗本屋敷内のことですし、深川、永代嶋は江戸であって、江戸じゃあねえと、彦蔵の野郎も高をくくっているようでござんすよ。

なるほど、いずれも、町奉行所では手の出せないところであった。

――それより落合さま。その島田屋敷に新之助《しんのすけ》という三男がおりやして、ずいぶんと、あちこちで豪遊をしているそうですが、寅次はこのところ、その新之助の腰巾《こしぎん》着《ちゃく》みたいなことをやってるそうですぜ。

――ほう。

――島田屋敷は自前の川舟を五間堀に浮かべておりやすが、新之助が遊興に出かける折に、寅次が船頭を務めているのを見た者が、何人もおりやした。

――ふうむ、なるほど……。

武家の次男、三男は、厄介者とも呼ばれる存在だ。それが寅次を船頭代わりに使い、豪遊をしている……。

（さては、その島田新之助というのが……）

彦蔵と結託して、屋敷内での賭場開帳に大きく関わっている張本人だな、と勘兵衛は思った。

――で、兄の島田権三郎というのは、どのような旗本かわかるか。

――へい。千二百石、なんでも、小十人五番組の頭だそうで。

――ほう。

勘兵衛は、しばらく考えた。

市ヶ谷の旗本、小笠原久左衛門と島田権三郎の関連のことである。

（家格は同じ千二百石。片やは大番の組頭で、片やは小十人頭。いずれも同じ五番方か……）

五番方とは、常備兵力としての武官のことで、小姓組、書院番、大番、新番、小十人組の五つをさした。

――仁助親分、もう少し詳しく島田の家の内情を探ることはできるかな。

――て、いいやすと？

――うん。今、ふと思ったのだが、小笠原の奥方の八重だが、もしかしたら、島田の家のものではないかと思うてな。

――あ……。

仁助は目を大きく見開いたあと、ぽんと膝を打った。

――そうか。するってぇと、繋がりまさあね。

――そういうことだ。

――合点承知、なんとか調べてきまさあ。

張り切っていた。

3

だが、仁助より早く、［六地蔵の久助］が小笠原八重の情報を手に入れてきた。

この日――。

勘兵衛が庭での埋忠明寿の剣の稽古も終え、朝食も終えて、いつものように松田町の［高山道場］へ向かおうとしているところに、久助がきたのである。

「小笠原久左衛門の奥方は、千二百石のお旗本、島田権三郎の姉だそうで」

「なんと！」

勘兵衛の推察は、ぴしゃりと当たっていた。

「で、例の用人に化けた室田兵蔵というのは、八重が嫁入るときに、島田家から連れてきた若党だといいやすぜ」

「なるほど」

勘兵衛の内に、一条の光がさした。

「もう、ひとつ、おもしれぇ話がありやす。実は、小笠原家では昨年に息子を亡くしておりやすが、八重は出入りの生田流の琴の師匠に、自分の弟である新之助を養子に取りたいと漏らしていたそうでございやすよ」

「そうか。これで解けたな」

からくりは、解明されたと勘兵衛は感じた。

弟を養子に取るためには、どうしても、およしが生んだ男児が邪魔になる。

それで夫が留守中に、ひそかに母子ともども始末をしようと謀ったにちがいない。

(となると、およしはもはや)

生きてはおるまい、と思われた。

「実は、その島田の家と八重の繋がりを、仁助親分に調べさせている。さっそく、そのことを仁助に知らせてやってはくれぬか」

「承知いたしやした」

「ついでに、こう伝えてくれ。策はついたゆえ、早まって寅次に手を出すではないとな」

「へい。で、その策といいますのは、いったい、どのようなものでござんしょうか」

「そのことは、今宵にも[魚久]にて話そう。うん、仁助にもきてもらおうか」

という次第になった。

「ところで落合さま、あの赤児、やはりおよしの子にちがいないようでございやすよ」

「お、そうか」

「へい。〈和泉屋〉の旦那もよほど落ち着かれたので、あの赤児のことを話しやすすと、右の胸の二つ黒子は、まちがいなく我が孫……そうか無事であったかと大喜びなされましてね」

「ふむ」

「さっそく胴切長屋の長次のところへ案内して再会させやした。赤児の名は七宝丸というそうで、旦那はすぐにも引き取りたいと申しやしたが、今しばらくと、お止めしておきやした」

「そうだな。今〈和泉屋〉が赤児……七宝丸か。引き取ったと知れれば、悪党どもが黙ってはいまい」

「へい。そこのところを、あっしも申し上げやした。旦那も納得して、今しばらくは長次のところで……ということになりやした」

「そりゃあ、よかった」

久助が帰っていったあと、勘兵衛は、まずは居間に江戸絵図を広げて、ひとつひとつの検証にかかった。

やがて――。

(うむ、まちがいはない)

勘兵衛の脳裏には、先月五日のできごとの全貌が鮮やかに描き出されていた。

小笠原家若党の室田兵蔵は、小笠原家用人に化けて、塗駕籠をもって、船河原町に母子を迎えに行った。

もちろん、そのことは前もって、およしには知らされていない。

およしに怪しまれ、不測の事態が起こることも考慮して、およしの住居まわりにはあらかじめ、島田新之助や手の者を配していたと思われる。

その日、確実に、およしと赤児が在宅していることを確かめるためにも、それは必要なことであった。

新之助は、寅次の漕ぐ川船で、船河原町にきていた。あるいは寅次の仲間も一緒だったかもしれない。

はたして、およしは、やはり怪しんだ。

それは、そうであったろう。

京への在番となって、一年以上も江戸を留守にする小笠原久左衛門が、江戸を発つ前に愛妾の元を訪れないはずはない。

もし本邸に母子を迎えるつもりなら、そのときによしのことおよしに、なにも伝えなかったというのもおかしい。

怪しみはしたが、とても逃げきれまいとおよしは覚悟を決めた。

それで、支度をするとでも言って、ひそかに小女のおひろに、こう言ったにちがいない。

〈おひろ、よくお聞き。わたしはこれから市ヶ谷の御屋敷に連れていかれるけれど、おまえは、この子を連れて［和泉屋］へ戻るのよ。そして、わたしのことをお父っつあんに伝えておくれ。いいね。用心をして、暗くなってからここを出るのだよ〉

言い聞かせて、おひろと我が子を、目につかない場所に隠れさせた。

そののち、座布団を丸めて赤児に見せて胸に抱き、用意の塗駕籠に乗ったのだ。

さて、おひろは言われたとおり暗くなるまで隠れ、赤児を抱いて、そっと家を出た。

ところが島田新之助たちは、およしは確かに塗駕籠に乗ったが、おひろが姿を見せなかったことを訝かしみ、なおも見張りを続けていた。

行く手を塞ぐ人影に、おひろは逃げた。

逃げたが、赤児を抱いたままでは逃げきれないと考え、船河原町の揚場にあった川舟に赤児を隠した。

どうにか逃げきって、あとでとりにこようと考えたのだろう。

だが、結局はつかまった。

騒がぬように当て身を食らって気を失ったか、それとも縛り上げられ猿ぐつわを嚙まされたか――。

いずれにしても殺すつもりだったにちがいないが、おひろの顔を見知っている者の多い近間に捨てるわけにはいかない。

それで遠く離れた深川か永代嶋でと考えたのであろう。

さきほど絵図で確かめたが、深川五間堀の島田の屋敷前まで、船河原町から大川、竪川、六間堀川と伝って水路は繫がっている。

縛り上げたおひろと島田新之助を乗せて、寅次は舟を漕いだ。

おそらくは自分の宿がある〈あたけ裏〉あたりで新之助を下ろし、寅次はさらに舟を操った。

六間堀川は、小名木川に通じている。無住の寺、一心寺を殺し場所にしようと決めたのだろう。

だが、その前に、寅次は己の獣欲を満たしたのだ。

（よし！）

静かに江戸絵図を畳んだのち、勘兵衛は立ち上がった。

「おい、八次郎、供をせよ」

「はい。どちらへ」

「麴町だ」

「はて、麴町といいますと……？」

「ついてくればわかる」

「は」

二人が町宿の玄関先を出たところで、

「お、藤次郎《とうじろう》ではないか」

大和郡山藩本藩の目付見習いをしている、弟の藤次郎と鉢合わせをした。

「はい。おや、お出かけですか」

「それより、おまえ……、その姿形《なり》はどうした」

藤次郎は帯刀もせず、髷も町人ふうに結っている。

「は、これにはいささか子細が……」

「そうなのか。いや……、ま、とにかく上がれ」

「はい。お急ぎの用ではありませぬか」

「急ぐようで、急がん。そちらこそ、用があったのであろう」

「いや、こちらも急用ではございません。ちょっとお知らせしておくことがあったまでで」

「そうか。立ち話もなんだ。やっぱり上がれ」

再び、町宿の居間に戻ることになった。

4

居間に戻った勘兵衛に、藤次郎が言った。

「実は、このたび、わたくしも、兄上同様に町宿に住むことになりました。神田紺屋《こんや》町《ちょう》一丁目に［日野屋］という釘鉄銅物《くぎてつどうもの》問屋がありますが、そこから東に一軒おいた仕舞《しも》た屋です。そのことをお知らせにまいりました」

「なんだ。松田町の［高山道場］からは、目と鼻の先ではないか」

「はい。それゆえ、ときどきはお立ち寄りください」

「そうか。おまえも町宿にな……。一人でか」

「いえ、日高《ひだか》さまや清瀬《きよせ》も一緒です。ほかに通いの飯炊きの女が一人」

「ふむ。日高さまとご一緒か……」

勘兵衛の胸に、ちくりと痛みが走った。

日高信義《のぶよし》は、弟が仕官する大和郡山本藩の首席家老、都筑惣左衛門《つづきそうざえもん》の側用人《そばようにん》である。

勘兵衛が御耳役として、酒井大老たちの謀略を阻止するために動いているのと同様に、日高や藤次郎たちは、主君である本多中務大輔《なかつかさたいふ》の命を狙う、大和郡山藩分藩による暗殺を阻止すべく動いていた。

これは弟の知らぬことだが、実は勘兵衛、日高信義の娘で、［和田平］という料理屋の女将であった小夜《さよ》と、男女の深間にはまってしまった。

その小夜が勘兵衛の子を宿し、姿を消したのが昨年のことであった。

小夜の行き先を大坂に住む小夜の妹、おかよ夫婦のところと踏んで、勘兵衛は大坂へ向かったのであったが、結局のところは小夜を探しあてることができなかった。

出会ったのは、藤次郎の朋輩で、徒目付見習いの清瀬拓蔵《たくぞう》であり、小夜の妹であるおかよと信吉《しんきち》の夫婦者には、危険が迫っていた。

「ところで、おかよさんは、どうしていなさる」

勘兵衛は、清瀬拓蔵とともに信吉とおかよの夫婦を、菱垣廻船で大坂を脱出させて、この江戸に連れ帰ったのであった。

「はい。まことにお元気で、［和田平］の仕事をしております」

「そうか。仁助《にすけ》やお秀とも、うまくやっておるようか」

魚屋の仁助は、勘兵衛が百笑火風斎を助けたときに知り合い、その女房のお秀を、勘兵衛が［和田平］への女中に紹介したのであった。

小夜が姿をくらますとき、そのお秀夫婦に店を預けたところに、おかよの夫婦が入ったかたちなので、つねづね勘兵衛は、両夫婦の折り合いが気になっていた。

「ご心配はいりませぬ。まことに和気藹藹《わきあいあい》とやっておられます。わたくしもときどき、日高さまに連れられてまいりますが、お秀は、そのたびに、どうか兄上にも、またのお越しを願いたいと、それは熱心に頼まれます」

「そうだな。そのうちに……な」

やはり、なんとも敷居が高い、のであった。

「そうそう。日高さまからも、ご多忙であろうが、ときどきは昔のように［和田平］で酒を酌み交わしたいと伝えてくれ、と頼まれております」

「お、そうか」

勘兵衛の内に、なにやら熱いものがこみ上げてくる。

「近日にも、お訪ねいたしましょうとお伝えしてくれ。それより、紺屋町に町宿を持ったには、わけがあるのであろう」

「はあ、実は、山路亥之助が潜んでおった、あの白壁町の町並屋敷のことでございます」

「うむ……」

元は、大和郡山藩分藩のお抱え絵師が住んでいたところであった。

ちょうど［高山道場］がある松田町と、弟が町宿を持った紺屋町との中間あたりになる。

「その屋敷を見張ろうというのだな」

勘兵衛が言うと、

「さすがは兄上、話が早い。ところで、大和郡山の〈榧の屋形〉のことは、お聞き及びでございましょうか」

その屋形は、本多中務大輔の命を狙う、暗殺集団の巣窟であった。

「おお、松田さまより聞いておる。去年に壊滅させたのだな」

「はい。しかし、それが尾を引いて、大和郡山城下では、血を血で洗うような抗争が絶えなかったそうです。それが、ようやく近ごろに落ち着きを取り戻してきたようですが……」

言って藤次郎は、少し小声になった。

「兄上から、あの町並屋敷のことを教えていただいて以来、我ら、それとなくあの屋敷に目を光らせていたのでございますが」

「ふむ……！」

もしや亥之助が戻ってきたか、とも思った勘兵衛だったが、

「近ごろ、その屋敷に出入りする侍が目立つようになりました。見たところ、五、六人は住みついたようでございます。日高さまの話によると、どうも国許にて一暴れした連中が、報復を避けるため江戸に逃れて……」

「ふむ。その連中が徒党を組んで、この江戸で、〈榧の屋形〉の代わりに……」

（新たな暗殺団を、組織しようというのか……）

「はい。そのようにも思われます。そこで我ら、近くの紺屋町に住んで、様子を窺おうという次第、といって、侍姿では怪しまれようから、かく……」

髷に手をやる。

「そういうことか。で、どのような役配りとなっておるのだ」

「はい。浪花《なにわ》の商家の隠居と、そのお付きの者二人、しばし腰を落ち着けて江戸見物を、といったるかたちにしてございます。通いの飯炊き女も、そう信じておりますゆ

えに」

「わかった。訪ねてまいる折には、心しよう」

「それにしても、亥之助……、いや、今は熊鷲三太夫でしたか、いずこに消えたのでありましょうな」

やはり、藤次郎にも気になる一事であるようだ。

「わからぬ。姿を見れば、知らせてくれ」

「はい」

こうして勘兵衛は、弟とともに町宿を出て右左に別れ、若党の八次郎とともに麴町に向かった。


さて、その亥之助だが――。

例の深川にある、［よしのや］楢七《ならしち》の寮の二階座敷にいた。

あの日、行徳まで迎えにきた関口と行徳船に乗ったときには虚無僧姿だったが、今は着流し姿で、床柱を背に、夏の光をはじく大川の流れに見入っている。

傍らでは条吉が、蒔絵が施された一升入りの指樽《さしだる》（注口のついた箱形の指物《さしもの》樽）を横に、亥之助の漆塗りの盃が空《から》になったら、注ごうと控えている。

すでに亥之助は、条吉から春田久蔵の調べほかについて、詳しく報告を受けていた。

――そうか。よくぞ調べた。

条吉を誉めて、はや十日以上が過ぎたのに、以来昼も夜も、じっと考えにふけっていたのだが……。

(火盗《かとう》か……)

春田久蔵の消息を考えたとき、そこに……。

落合勘兵衛の影を確信するのだが、思わぬ伏兵としての、火付盗賊改方《ひつけとうぞくあらためかた》が出てきた。

つまりは、勘兵衛と火盗は、なんらかのかたちで関わっている……としか思えない。

それも昨年の七月、まだ一年とはたたない。

火盗は、幕府常備軍である御先手組《おさきてぐみ》の頭が、加役として選ばれた警察機関であった。

いわば武官としての警察軍であるから、町奉行所では手を出せない、僧侶、神官などはいうに及ばず、武士でも容赦なく召し捕るし、抵抗する者は斬り捨てる。

そのことを思うとき――。

(しばらくは、勘兵衛とは関わらぬのがよいのではないか)

そんな用心の気持ちと、勘兵衛憎しの気持ちが、ない交ぜとなって、どうにも心《こころ》状《ざま》の決着がつかないのであった。

そんな反面——。

(もはや、山路家の復興はかなわぬ)

絶望感も宿っている。

ならば、深津家老の誘いに本気で乗って、本多中務大輔政長の命を見事に奪い、本多出雲守政利に熊鷲三太夫として召し抱えられる道を選ぶべきではないか。

そんな現実にも、目覚めはじめていた。

酒肴のもろみ味噌を、塗箸で口に運んだあと、亥之助は、じっと箸先を眺めた。

蒔絵の指樽も、漆塗りの盃も、その塗箸も、江戸に戻って伺候した亥之助が、深津家老から拝領した品である。

その盃から、酒を飲み干した。

さっそくに指樽を持ち上げた条吉に、

「待て」

ひとこと言って、亥之助は、その盃の底をつくづくと眺めた。

それから、

「うむ」

小さく声を出してから、条吉に酒を注がせた。

「なあ、条吉」

「へえ」

「新しい頼みだ」

「なんやろか」

「うむ、まずは、その越前訛りを、なんとかしろ」

「あ……。がんばるんやざ……、いえ、がんばります」

「ふむ。半ばは冗談だ。だが、あまり目立つのも困る」

「へえ」

「いや、ほかでもない。腕のいい箸師に、こういった盃を作る木地師と、それに塗師をな。見つけてきてほしいのだ」

「へ……」

条吉は、首を傾げた。

いったい亥之助、なにを考えているのであろうか。

5

近隣の大名屋敷の樹木から、時鳥《ほととぎす》の声が聞かれるようになった。

四月八日の灌仏会《かんぶつえ》に近隣の寺寺が賑わった翌日、朝のうちに八次郎の兄、新高八郎《にいたかはちろう》太《た》がやってきた。

「松田さまの、ご伝言でございます」

八郎太は、江戸留守居役である松田与左衛門の若党で、その父は用人を務めている。

「今宵、例の茶漬け屋で、初鰹を食おうと申しておられます」

「ははあ、承知いたしました」

神妙に勘兵衛は答えた。

「初鰹ですか」

兄が戻っていくと、八次郎が、いそいそとした声を出した。

「気の毒だが、おまえを連れていくわけにはいかんぞ」

「あ、そうなので……。はて、それにしても茶漬け屋で初鰹とは面妖な。どこの茶漬け屋でございましょうか」

「それも、教えられぬ」

「ははあ、秘事ですか」

「さよう、秘事じゃ」

その茶漬け屋は、「かりがね」といって、芝の神明宮門前近くの目立たないところにある。

おこうという松田の妾が営むところで、このことを知っているのは、松田の用人である新高陣八《じんぱち》と勘兵衛以外は、忍び目付の服部源次右衛門《はっとりげんじえもん》だけである。

そして、かくいう勘兵衛さえ、まだ服部源次右衛門がどのような顔で、どこでなにをしているのかも知らないのであった。


さて夕刻に、勘兵衛が「かりがね」を訪れると、すでに松田が待っていた。

「たいそう、無音《ぶいん》にすぎまして、申し訳ございません」

まず勘兵衛は、そのことを詫びた。

松田からの連絡もなかったからだが、松田と会うのは、およそ一月《ひとつき》半ぶりであった。

しかも勘兵衛、その間に、本来の仕事らしい仕事も、ほとんどしていなかった、といってよい。

だが、松田の機嫌はよく、

「よいよい。わしとて、このところ、拍子抜けするほどに、やることがのうて、暇を持てあましておったところだ。それより、見るところ、あの長刀、すっかり身についたようではないか」

先ほど迎えに出た女将のおこうが、両袖で勘兵衛の長刀を受けたとき、

――ま……！

その長大さと重さに、思わず声をあげたものだ。

――は。その節はありがとうございました。あれより稽古に励みまして、どうにか我がものになった心地がしております。

――それは、よかった。それでこそ、甲斐があるというものよ。

あの埋忠明寿は、この新年に松田に買ってもらったものである。

「初鰹は、今さばかせておるほどに、まもなくこよう」

「はい」

松田の性格からいって、単に初鰹を食わせるために、自分を呼んだのではないと勘兵衛は知っている。

ここへ呼ばれるのは、人には聞かされない密談のときであった。

「他人の不幸は、蜜の味……というがな」

はたして、松田はそのように切りだした。

「こうして我らがのんびりできるのも、初鰹を食えるのも、ま、ひとさまの不幸のうえになりたっておるやもしれぬな」

「なにごとか、ございましたか」

「うむ。鬼の居ぬ間に命の洗濯というやつよ。実は、この正月に越後の高田で大火があったそうな」

「ほう」

「それで国帰り中の光長侯は、江戸参府を一年間延期させてほしいと届けて、幕府から援助米が出ることになった」

「そんなことが……」

「そうじゃ。そのことで家老の小栗美作も、今は、我らにかまっている暇さえないということじゃ」

「…………」

「かてて、くわえての……」

「はい」

「越前福井にては、相変わらず揉め事がおさまらぬ。昌親《まさちか》めは、兄の昌勝《まさかつ》の子の綱昌《つなまさ》を養子にとって、なんとか騒動を収めようとしたが、どうやら、その手もきかなかったようだぞ」

越前福井藩の先代の当主であった松平光通《みつみち》には、権蔵《ごんぞう》（直堅《なおかた》）という実子があったが、これは婚姻前に側女《そばめ》が生んだ子で、親族からの干渉もあって、幕府にも届けられない隠し子であった。

やがて権蔵は押し込めをおそれて、福井から出奔、それを匿ったのが勘兵衛の主君の松平直良であった。

隠し子の出奔や、その他の重圧もあって、ついに光通は自殺に及んだが、光通には権蔵以外に嫡子がなかった。

ところが、光通の遺書があって、跡目は弟の昌親が継いだ。

しかし昌親には、権蔵という存在のほかにも、兄にあたる松平昌勝がいた。

さらに権蔵は、将軍への拝謁もすませ、正式に越前松平家の一員と認められて、名も松平直堅《なおかた》と改めている。

そんななか、長幼の序を重んじる儒教の教えにも反する、この相続劇に、福井藩内は四分五裂した。

それで昌親は、兄、昌勝の子である綱昌を養子にとって収拾を図ったが、とてもおさまらない。

そんな政治状況であるところに、ひそかに甘言を弄して、昌親にすり寄ってきた者がいる。

小栗美作であった。

越後高田の当主、松平光長も、光長の妹を妻にしている小栗家老も、天下に響いた大権力者の酒井大老との間に、太いパイプを持っている。

昌親が、まるで操り人形のように、同門の越前大野藩に仇なそうとしたのには、そのような背景があった。

松田とて、それを指をくわえて見過ごしにはしていない。

ひそかに越前福井に、忍び目付を潜入させて攪乱をおこない、いわば火に油を注ぐような裏工作をおこなっている。

「高田の大火で、小栗美作が身動きがとれぬとなると、昌親めは、もはや羽をもがれたトンボ同然じゃ。まだ正式に決まったわけではないが、たったの二年でな、隠居して藩主の座を綱昌に譲ろうか、というところまできておるようじゃぞ」

「まことで、ございますか」

「酒井のほうはというと、例の長崎の抜け荷の一件で手を取られておるようじゃ。つまり、しばらくは安穏《あんのん》、安穏」

「ははあ、さて、長崎のほうは、どうなりましょうか」

「さあて、そちらは、まだ、わからぬがの……。はあて、どう決着がつくものやら」

弟の藤次郎や日高が長崎へ乗り込んでの活躍の結果、抜け荷の証拠は幕閣に伝わり、この新年に長崎代官である末次平蔵が捕らえられた。

その詮議のために、松平忠房を幕府上使として、四百名を超える役人が長崎に向かったのが、この二月のことであった。

「それより勘兵衛、おまえのことじゃ」

突然に、松田は話題を変えた。

「はい」

「うむ、このように、ゆるゆるとできることは、この先に、いつまたくるともしれぬぞ。それでな」

「はい」

「あと十日もすれば、殿の国帰りじゃ。おまえ、一緒に戻ってはどうじゃ。園枝《そのえ》どのとな、うむ、仮祝言でも挙げてこぬか」

「ははあ……」

勘兵衛は嬉しいような、とまどうような、なんとも複雑な心境で、しばらく考え、

「まことにありがたいお話に、感涙にむせぶ心地ではありますが、大名行列とともに
というのは、いささか窮屈でありますし……」

「ふん。それで……」

「帰郷のことは、前もって、両親や、その……、塩川さまにも伝わってからのほうが、
よいと思われますが」

「ふうん」

松田は、からかうような調子で含み笑った。

縁談がまとまりつつある塩川園枝は、勘兵衛の初恋の相手でもあり、親友である七
之丞の妹であった。

一日も早く会いたい、話をしたい、という気持ちは、勘兵衛のなかにも強くある。

しかし……。

松田が、口を開いた。

「それは、そうと勘兵衛、そなた近ごろ、赤児を拾ったそうな」

「え……」

勘兵衛は、つんのめりそうになった。

目付に届ける折には報告をと思っていたが、今は、おたるが養育しているし、事態が思いもよらぬ方向に向かって、まだそのことは、松田は知らぬはずだった。

（そうか……）

「もしや。岡野成明《おかのなりあき》さままでも、遊びにこられましたか」

「きたきた」

「さようで」

過日、藤次郎がやってきた日、勘兵衛が八次郎を供に向かったのは、麴町八丁目、栖岸寺《せいがんじ》横にある旗本、岡野成明の屋敷であった。火盗改めである。

当初は与力の江坂鶴二郎《えさかつるじろう》に会うつもりが、あいにく江坂は出かけていて、同じく与力の鷲尾平四郎《わしおへいしろう》にあった。

［六地蔵の久助］と［瓜の仁助］が追う事件は、とても両人の手に負えるものではない。

だが、火盗なら賭博検挙は職掌のうちで、旗本屋敷にも乗り込んでいけるのだ。

「岡野どのは、わざわざ手みやげまで持参しての、加役を仰せつかった明暦元年（一六五五）以来、二十年余も、この役にありながら、いまだ一度たりとも賭博取締りの役を果たさず、つねづね心苦しく感じていたところ……と、感謝の意を伝えに来られたのじゃ」

「ははあ、それは存外の……」

「そうらしいの。聞けば、その裏に、なにやらおぞましい話が貼りついているような」

「はあ」

「いや、岡野どのの張り切りようといったらなかった」

「さようで、ございましたか」

策は当たったか、と勘兵衛の内にも、安堵と喜びが広がった。

「それで、勘兵衛、園枝には早く会いたいは……、赤児のほうの成り行きも確かめたいは、と欲張ったことを考えておるのではないか」

「そこまで言われますと、もう、身も蓋もない、と申しますか」

相変わらず食えない老人だ、と思っている勘兵衛に、

「いや。相変わらず、おもしろいやつだ、おまえは。まあ、好きにしろ、お、きたようだぞ初鰹」

松田は、どこまでも上機嫌であった。

ひとときの油凪《あぶらなぎ》の海原に遊んでいるような勘兵衛だが、流転の海は、まだまだ牙を剝く。

勘兵衛はやがて、そんな荒海に小舟を漕ぎ出していくことになるだろう。

［余滴《おまけ》……本著に登場する主要地の現在地］

［堀田原］寿一丁目付近
［魚久］花川戸一丁目二番地付近
［よしのやの寮］佐賀町二丁目一番地付近
［念仏院］清川一丁目に現存
［愛敬稲荷］市谷田町二丁目援助修道会本部付近
［満穂稲荷］清澄三丁目九番地付近

［筆者註］
本稿の江戸地理に関しては、延宝七年［江戸方角安見図］（中央公論美術出版）および、御府内沿革図書の［江戸城下変遷絵図集］（原書房）によりました。

時代小説
二見時代小説文庫

流転《るてん》の影《かげ》 無茶《むちゃ》の勘兵衛《かんべえ》日月録《じつげつろく》10

著者 浅黄《あさぎ》 斑《まだら》

発行所 株式会社 二見書房
東京都千代田区三崎町二-一八-一一
電話 〇三-三五一五-二三一一［営業］
〇三-三五一五-二三一三［編集］
振替 〇〇一七〇-四-二六三九

印刷 株式会社 堀内印刷所
製本 ナショナル製本協同組合

落丁・乱丁本はお取り替えいたします。
定価は、カバーに表示してあります。

ISBN978-4-576-10120-0
http://www.futami.co.jp/

浅黄 斑 無茶の勘兵衛日月録1〜10
井川香四郎 とっくり官兵衛酔夢剣1〜3
江宮隆之 十兵衛非情剣1
大久保智弘 御庭番宰領1〜5
大谷羊太郎 変化侍 柳之介1
風野真知雄 大江戸定年組1〜7
喜安幸夫 はぐれ同心 闇裁き1〜2
楠木誠一郎 もぐら弦斎手控帳1〜3
小杉健治 栄次郎江戸暦1〜5
武田櫂太郎 五城組裏三家秘帖1〜3
花家圭太郎 口入れ屋 人道楽帖1〜2
早見俊 目安番こって牛征史郎1〜5
早見俊 居眠り同心 影御用1〜2
幡大介 天下御免の信十郎1〜6
幡大介 大江戸三男事件帖1〜2
藤井邦夫 柳橋の弥平次捕物噺1〜5
松乃藍 つなぎの時蔵覚書1〜4
牧秀彦 毘沙侍 降魔剣1〜4
森真沙子 日本橋物語1〜7
森詠 忘れ草秘剣帖1〜4
森詠 剣客相談人1
吉田雄亮 新宿武士道1